84, Charing cross road

채링크로스 84번지

헬렌 한프 지음 ┃ 이민아 옮김

궁리
KungRee

F. P. D.를 기억하며

차례

영국
런던 W. C. 2
채링크로스 가 84번지
마크스 서점

1949년 10월 5일

선생님께 :

토요문학평론지에 실린 귀하의 광고를 보니 절판 서적을 전문
으로 다룬다고 하셨더군요. 저는 '희귀 고서점'이라는 말만 봐도
기가 질리곤 하는데, '희귀'하면 곧 값이 비쌀 것이라는 생각부터
들기 때문입니다. 저는 희귀 고서적에 취미가 있는 가난한 작가
입니다. 여기서는 제가 원하는 모든 것을 아주 고가의 희귀본이
나 아니면 이것저것 끼적여놓은 반스앤드노블스의 학생판으로
밖에는 구할 수가 없습니다.

제가 절박하게 구하는 책들의 목록을 동봉합니다. 목록 중 깨
끗하면서 한 권당 5달러가 넘지 않는 중고책이라면 어느 것이라
도 구매 주문으로 여기고 발송해주시겠습니까?

헬렌 한프
(미스) 헬렌 한프 드림

마크스 & Co. 중고서적
채링크로스 가 84번지
런던 W. C. 2

헬렌 한프 양
미국 뉴욕주 뉴욕시 28
95번가 이스트 14번지

1949년 10월 25일

친애하는 부인,

10월 5일 보내신 편지에 대한 답신입니다. 저희는 부인의 문제 가운데 3분의 2를 해결할 수 있었습니다. 부인께서 원하시는 해즐릿의 수필 세 편은 논서치 출판사에서 간행한 산문선집°에 들어 있고, 스티븐슨은 젊은이를 위하여°°에서 찾았습니다. 두 권모두 상태가 양호한 것으로 서적 우편으로 보내드립니다. 빠른

°   William Hazlitt(1778~1830), 『SELECTED ESSAYS』 ed. G. L. Keynes (1930) Nonesuch Library. 해즐릿은 특히 인간애가 넘치는 수필로 많은 사람들의 사랑을 받은 영국 작가. 문학적인 기교나 허세를 부리지 않는 진솔한 문체로 유명하다.

°°   Robert Louis Stevenson(1850~1894), 『Virginibus Puerisque』. 스티븐슨이 여러 잡지에 기고했던 평론 단편 여행기 등을 묶어서 펴낸 책이다. 스코틀랜드의 수필가 · 시인 · 소설가 · 여행기 작가로서, 우리에게는 『보물섬』 『지킬 박사와 하이드 씨』로 유명하다.

시일 내에 안전하게 귀하께 도착하리라 믿으며, 또한 귀하께서 기뻐하시리라 믿습니다. 청구서는 책과 동봉합니다.

리 헌트°의 수필은, 쉽지는 않겠으나 부인께서 원하시는 목록을 모두 갖춘 탐스러운 서적으로 구할 수 있는지 애써보겠습니다. 저희 서점에는 부인께서 말씀하신 라틴어 성서는 없지만 라틴어 신약이 있고, 그리스어 신약도 있습니다. 요새 흔히 볼 수 있는 판형에 헝겊으로 장정된 것입니다. 이 책들도 구매하시겠습니까?

마크스 서점을 대표하여
FPD 드림

° James Henry Leigh Hunt(1784~1859), 영국의 수필가 · 비평가 · 언론인 · 시인. 당시 영향력 있던 여러 잡지에서 편집자를 지냈다. 전성기 때 쓴 수필이나 『자서전 Autobiography』은 매력적인 작품으로 많은 독자들에게 사랑을 받았다. 키츠에서 앨프리드 테니슨에 이르기까지 동시대인들에 대해 뛰어난 통찰력을 보여준 작가다.

마크스 & Co. 중고서적
채링크로스 가 84번지
런던 W. C. 2, 영국

1949년 11월 3일

여러분께,

책이 무사히 도착했어요. 스티븐슨은 너무 훌륭하여 제 누런 골동품 책장이 부끄러울 정도랍니다. 이 부드러운 고급 피지와 뽀얀 상앗빛 책장은 함부로 만지지도 못하겠고요. 미국 책들의 창백한 백지와 딱딱한 마분지 표지만 보아온 저로서는 책을 만지는 일이 이런 즐거움도 줄 수 있다는 것은 미처 몰랐답니다.

제 아파트 위층에 사는 여자의 애인인 영국인 친구가 £1/17/6을 환산해주었는데, 두 권 값으로 제가 귀하께 5달러 30센트를 더 지불해야 한다고 그러더군요. 그 친구 계산이 맞아야 할 텐데요, 여기에 5달러짜리 한 장과 1달러짜리 한 장을 동봉합니다. 70센트는 신약성서 구입비에 포함해주세요. 두 권 다 사겠어요.

앞으로는 책 값을 환산해서 알려주시겠어요? 그냥 미국 돈 덧셈도 서툰 형편에 2개 국어 산수를 정복하겠다는 야심은 품어볼 처지가 아니라서요.

헬렌 한프 드림

'부인'이라는 호칭이 이쪽에서 사용하는 그런 뜻이 아니었으면 좋겠군요.

마크스 & Co. 중고서적
채링크로스 가 84번지
런던 W. C. 2

헬렌 한프 양
미국 뉴욕주 뉴욕시 28
95번가 이스트 14번지

1949년 11월 9일

친애하는 한프 양,

귀양께서 보내신 6달러는 안전하게 받았지만, 앞으로는 우편환으로 송금해주신다면 훨씬 마음이 놓일 듯합니다. 우편물에 달러 지폐를 넣는 것보다 좀더 안전하게 느낄 수 있을 테니까 말입니다.

스티븐슨이 그처럼 마음에 드셨다니 저희도 매우 기쁩니다. 신약 두 권 가격을 파운드와 달러로 함께 표기한 청구서를 동봉합니다. 귀양의 마음에 들기를 바랍니다.

마크스 & Co.
FPD 드림

1949년 11월 18일

세상에 무슨 이런 사악한 신약성서가 다 있어요?

인류사에서 가장 아름다운 산문을 영국 국교회에서 다 망가뜨렸다고 부디 그쪽에다 알려주셨으면 좋겠어요. 도대체 누가 그들에게 불가타 성서°를 뜯어고쳐도 된다고 그랬답니까? 제 말 명심하세요. 천벌 받아 마땅한 짓이라고요.

저한테는 상관없어요. 저는 유대인이니까요. 그렇지만 저한테는 천주교 신자 올케와 감리교 신자 올케, 장로교도 사촌 한 떼거리(에이브러햄 종할아버지께서 개종하면서 그렇게 되었지요), 그리고 크리스천 사이언스 치료사인 이모가 있는데, 그들 가운데 <u>누구라도</u> 이 국교회의 라틴 성서에 호의를 보일 것 같지는 않군요. 물론 그런 것이 존재한다는 것을 알 경우에 말이지만요(공교롭게도 그들은 라틴어가 존재한다는 사실조차 모를걸요).

뭐, 그만하죠. 지금까지 제 라틴어 선생의 불가타 성서를 써왔는데, 지금 생각으로는 귀하께서 저한테 맞는 것을 찾아주실 때까지 돌려드리지 않고 계속 쓸 작정입니다.

°   Vulgata, 성 히에로니무스가 번역한 라틴어 성서로, 로마 가톨릭 교회에서 사용한다.

청구액 3달러 88센트의 지불금으로 4달러를 동봉합니다. 나머지 12센트로는 커피나 한 잔 드세요. 이 근처에 우체국이 없어서 록펠러 플라자까지 가야 하는데, 거기로 나가 줄을 섰다가 3달러 88센트짜리 우편환을 부칠 생각은 없군요. 또, 제가 거기에 갈 다른 볼일이 생길 때까지 기다린다 해도 이 3달러 88센트가 그때까지 남아 있으리라는 보장도 없고요. 저는 미합중국의 항공 우편과 대영제국의 우정국에 맹목적인 신뢰를 품어보렵니다.

혹시 랜더°의 상상의 대화를 구할 수 있을까요? 여러 권짜리로 아는데, 제가 원하는 것은 그리스 대화편이 실린 권이에요. 이솝과 로도피스°°의 대화가 실려 있다면, 그게 바로 제가 찾는 거죠.

헬렌 한프

마크스 & Co. 중고서적
채링크로스 가 84번지
런던 W. C. 2

헬렌 한프 양
미국 뉴욕주 뉴욕시 28
95번가 이스트 14번지

1949년 11월 26일

친애하는 한프 양,

보내신 4달러는 무사히 도착했고, 나머지 12센트는 귀양의 신용장에 달아두었습니다.

마침 저희 재고에 월터 새비지 랜더의 생애와 작품 제2권이 있습니다. 거기에 귀양께서 언급하신 그리스 대화편과 아울러 로마 대화편도 수록되어 있습니다. 1876년에 출판된 고판본이어서 그다지 근사하지는 않으나 제본이 튼튼하고 상태가 꽤 좋습니다. 오늘 이 책을 청구서와 함께 부쳤습니다.

라틴 성서는 저희가 생각을 잘못했군요. 사과드립니다. 불가타 성서를 찾아드리도록 애써보겠습니다. 물론 리 헌트도 잊지 않고 있습니다.

마크스 서점을 대표하여

FPD 드림

1949년 12월 8일

선생님 :

(틀림없이 어느 한 분께서 제 요청에 응해주시는데, 계속해서 '여러분'이라고 쓰자니 어딘가 미련한 짓 같습니다.)

새비지 랜더가 무사히 도착했습니다. 책을 잡자 곧바로 로마 대화편 부분이 펼쳐지더군요. 두 도시가 전쟁으로 파괴되고, 고통받는 백성들이 지나가는 로마 병사들을 붙들고 부디 자기네를 밟고 지나가 이 고통을 끝내달라고 애원하는 대목이었어요. 걱정할 일은 기근밖에 없는 이솝과 로도피스의 대화편으로 넘어가니 안도감마저 들었습니다. 저는 전 주인이 즐겨 읽던 대목이 이렇게 저절로 펼쳐지는 중고책이 참 좋아요. 해즐릿이 도착한 날 '나는 새 책 읽는 것이 싫다'는 구절이 펼쳐졌고, 저는 그 책을 소유했던 이름 모를 그이를 향해 '동지!' 하고 외쳤답니다.

브라이언(위층 사는 케이의 영국인 남자 친구랍니다)이 제가 지불해야 할 /8/에 해당할 거라고 계산해준 1달러를 동봉합니다. 환산해주시는 걸 잊으셨더라고요.

아 참, 브라이언 말이 영국에서는 한 가족당 일주일에 육류 60 그램과 한 사람당 한 달에 달걀 한 알씩 배급하고 있다고 해서, 한마디로 경악했습니다. 이 친구는 어느 영국 회사에서 나온 상품 목록을 갖고 있는데, 그걸로 덴마크에서 영국에 계신 어머니께 음식을 공수하더라고요. 그래서 저도 자그마한 크리스마스 선물을 마크스 서점 앞으로 보냅니다. 나눠 드실 정도가 되었으면 좋겠어요. 브라이언 말이 채링크로스 가의 서점들은 '전부가 꽤 작은 편'이라고 하던데요.

소포는 'FPD' 앞으로 보냅니다. 누구신지는 모르겠지만.

성탄에
헬렌 한프

95번가 이스트 14번지

1949년 12월 9일

FPD! 큰일났어요!

소포를 보냈어요. 주요 품목은 6파운드짜리 햄인데, 정육점에 가서 인원수에 맞게 잘라 한 조각씩 나눠 가져가면 될 거라고 생각했거든요.

그런데 방금 지난번 청구서에서 'B. 마크스. M. 코헨'° 공동 자산이라고 적힌 걸 보지 않았겠어요.

햄도 유대 율법에서 금하는 음식에 들어가나요? 지금 입 안이 바짝바짝 타들어가고 있어요.

어떡하면 좋아요!

헬렌 한프

°   코헨cohen은 유대계 성으로, 유대교에서는 돼지고기를 불경한 음식으로 여긴다.

마크스 & Co. 중고서적
채링크로스 가 84번지
런던 W. C. 2

헬렌 한프 양
미국 뉴욕주 뉴욕시 28
95번가 이스트 14번지

                              1949년 12월 20일

친애하는 한프 양,

선물로 보내주신 소포가 오늘 무사히 도착하여 내용물을 직원들끼리 나누었음을 알려드립니다. 마크스 씨와 코헨 씨는 우리들끼리 나눠 갖지 '주인들'이 끼여서 되겠느냐며 극구 사양했습니다. 소포에 든 모든 것이 우리로서는 생전 처음 보는 것인데다 암시장에나 가야 구할 수 있는 것임을 말씀드리고 싶습니다. 저희를 이렇게까지 생각해주시다니 너무나 친절하고 자상하군요. 저희 모두가 깊이 감사하고 있습니다.

저희 모두 감사의 마음을 전하며, 1950년에는 만사가 뜻하는 대로 이루어지기를 기원합니다.

                              마크스 서점을 대표하여
                              프랭크 도엘 드림

                    20 ——— 21

1950년 3월 25일

프랭크 도엘 씨, 거기서 **뭐 하고 있는** 거예요? 우두커니 앉아 **빈둥거리고** 있나요?

리 헌트는 어디 있어요? <u>옥스퍼드 운문</u>은요? 불가타 성서와 귀여운 바보 존 헨리는 또 어디 있고요? 이 책들이 사순절 독서로는 그만일 거라고 생각했는데, **아무것도** 보내주지 않는군요.

덕분에 저는 여기 앉아 제 것도 아닌 도서관 책 귀퉁이에다 깨알같이 글이나 끼적거리고 있어요. 언젠가는 사람들이 그게 제가 한 짓이란 것을 알아내고는 제 도서관 출입증을 빼앗아갈 거예요.

제가 부활절 토끼에게 당신한테 달걀을 갖다주라고 명령을 내렸어요. 토끼 군이 거기 도착하면 무기력증으로 죽어 있는 당신을 발견하게 되는 건가요?

봄날도 다가오고 해서 연애시집 한 권을 주문합니다. 키츠나 셸리는 사양이고요,° 넋두리 없이 사랑할 줄 아는 시인으로 부탁드려요. 와이엇이나 존슨 같은 시인으로 당신이 직접 판단해주었으면 해요.°° 그냥 아담한 책이면 되겠는데, 이왕이면 바지 주머니에 꽂고 센트럴파크로 산책 나갈 만큼 작은 책이면 더 좋겠고요.

그러니까, 그냥 멍하니 앉아 있지만 말고, 뭔가를 좀 찾아보라고요! 그 서점이 어떻게 계속 돌아가는지 정말이지 알 수가 없군요.

°   John Keats, 스물다섯에 폐결핵으로 요절한 영국의 낭만주의 서정시인. 감각적이면서 신화를 모티브로 한 철학적 시를 썼다. 잘 알려진 시로 「엔디미온Endymion」 「우울에 대한 송가Ode on Melancholy」 「히페리온Hyperion」이 꼽힌다. — Percy Bysshe Shelley, 영국의 낭만파 시인. 「프로메테우스의 해방Prometheus Unbound」 「아도네이스Adonais」 「종달새에게To a Skylark」 「구름The Cloud」 등을 썼다. 배 사고로 익사했다.

°°   Sir Thomas Wyatt, 헨리 8세의 궁정 사교계에서 잘생긴 용모와 음악 · 언어 · 무술 등의 타고난 재능으로 인기를 누린 영국 시인. — Ben Jonson, 영국 제임스 1세 시대의 극작가 · 서정시인 · 문학비평가. 윌리엄 셰익스피어에 버금가는 중요한 영국 극작가로 꼽힌다.

마크스 & Co. 중고서적
채링크로스 가 84번지
런던 W. C. 2

헬렌 한프 양
미국 뉴욕주 뉴욕시 28
95번가 이스트 14번지

1950년 4월 7일

친애하는 한프 양,

어제 무사히 도착한 반가운 부활절 소포에 감사를 드려야겠습니다. 저희 모두 통조림과 달걀 상자를 보고 무척 기뻐했답니다. 다른 직원들도 저와 같은 마음으로 당신의 친절하고 자상한 배려에 감사하고 있습니다.

귀양께서 요청하신 책 중에서 어느 것도 보내드리지 못한 데 사과드립니다. 연애 시집이라면, 귀양께서 설명하신 그런 책으로 조만간 입수할 것입니다. 당장 재고에는 원하시는 책이 없지만 꼭 한 권 찾아드리겠습니다.

보내주신 소포에 다시 한 번 깊이 감사드립니다.

마크스 서점
프랭크 도엘 드림

마크스 & Co. 중고서적
채링크로스 가 84번지
런던 W. C. 2

1950년 4월 7일

친애하는 한프 양,

프랭크한테는 제가 이 편지를 썼다는 것을 모르게 해주세요. 청구서를 보낼 때마다 쪽지 하나 끼워보내고 싶은 마음이 간절했는데, 프랭크가 그런 건 품위 있는 행동이 아니라고 생각할 것 같아서 못했어요. 이렇게 말하니까 프랭크가 꽉 막힌 사람같이 보일지도 모르겠지만 그렇지는 않아요. 꽤 괜찮고, 아니 정말로 아주 괜찮은 사람이죠. 다만, 당신 편지나 소포가 자기 앞으로 오기 때문에 당신에게 편지하는 일은 자기만의 몫이라고 여기는 건 있어요. 하지만 저도 꼭 한 번 직접 편지를 드리고 싶었어요.

저희는 모두 당신 편지를 좋아하고, 어떻게 생긴 분인지 상상해보곤 해요. 저는 당신이 젊고 아주 세련되고 총명할 거라고 생각해요. '노老' 마틴 씨는 당신이 멋진 유머 감각을 지닌 사람이지만 좀 학구적으로 생겼을 거라고 그래요. 사진 한 장 보내주시지 않겠어요? 한 장 있었으면 좋겠어요.

프랭크가 어떤 사람인지 궁금하시다면, 그는 30대 후반에 꽤 잘생겼고, 아주 착한 아일랜드 여자랑 결혼했어요. 아마 두 번째 아내일 거예요.

보내주신 소포에 모두가 감사하고 있답니다. 우리 꼬맹이들(다섯살짜리 여자애와 네 살배기 사내애인데)이 살판났죠. 건포도하고 달걀로 진짜 케이크다운 케이크를 만들어줬거든요!

제가 편지한 것을 언짢게 여기지 않으셨으면 좋겠어요. 부탁이니, 프랭크한테 편지하실 때 제 편지 얘기는 말아주세요.

행복을 기원하며

세실리 파

추신 : 뭐든 런던에서 필요하신 것이 있을 경우를 위해서 뒷면에 저희 집 주소를 적을게요.

C. F.

1950년 4월 10일

친애하는 세실리 ―

그리고 노 마틴 씨께서는 한참 헛짚으셨어요. 제가 얼마나 비학구적인 사람이냐면, 대학 문턱에도 가보지 않았다고 전해주세요. 저는 그저 어쩌다 책에 특이한 취향을 갖게 된 사람일 뿐이에요. 전부가 퀼러 쿠치°라고 하는 캠브리지 교수 덕분이죠. Q라고 알려진 분인데, 열일곱 살 때 어느 도서관에서 우연히 맞닥뜨렸죠. 그리고 제 생김새를 말하자면, 브로드웨이의 걸인만큼은 총명하게 생겼다고 할 수 있을 것 같고요, 늘 좀이 슨 스웨터에 모직 바지를 껴입고 있답니다. 낮에는 난방을 해주지 않거든요. 이 아파트는 5층짜리 붉은 벽돌집으로 세입자들이 오전 9시면 모두 출근하여 6시까지 건물이 텅 비는데, 주인이 뭣 하러 1층 사는 보잘것없는 대본 검토인 겸 작가 한 사람 때문에 난방을 해주겠어요?

°   Sir Arthur Thomas Quiller-Couch(1863~1944), 필명 Q 영국의 시인 겸 소설가. 『옥스퍼드판 영시선 1250~1900』『옥스퍼드판 발라드선』을 편찬한 것으로 유명하다. 옥스퍼드 대학교에서 강사를 지냈으며 1887~1892년에 런던의 한 출판사에서 일하다가 《스피커The Speaker》의 부편집장이 되었다. 이 잡지에 기고했던 단편을 모아 「삼목놓기놀이Noughts and Crosses」를 펴냈으며, 이후 이와 비슷한 단편집을 열한 권이나 출판했다.

가엾은 프랭크, 제가 그분을 너무 못살게 굴죠. 늘 뭔가 트집을 잡아 가지고 호통을 쳐대니 말이에요. 그저 재미로 조금 놀리는 것뿐이에요. 그분이 제 말을 진지하게 받아들일 분이라는 것은 알지만요. 저는 저 점잖은 영국인의 자제심에 구멍을 내보려고 애쓰는 중이랍니다. 그분한테 궤양이 생긴다면 아마 그건 제가 한 짓이겠죠.

런던 이야기를 좀 해주세요. 저는 임항 열차에서 내려 지저분한 보도를 이 두 발로 직접 밟을 그날을 꿈꾸며 살아간답니다. 걸어서 버클리 광장까지 올라갔다가 윔폴 거리로 내려오고, 엘리자베스 여왕이 런던 탑 입성을 거부하고 앉았던 세인트폴 성당의 그 계단, 존 던°이 앉아 연설하던 바로 그 계단을 저도 한 번 밟아보고 싶어요. 대전 중에 런던 주재원으로 나갔던 신문기자 한 사람을 아는데, 그 사람 말이 관광객들은 영국에 어떤 고정 관념을 가지고 가기 때문에 늘 자기가 원하는 것만을 찾는대요. 전 영국문학 속의 영국을 찾아 갈 거라고 그랬더니 이렇게 말하더군요.

"그렇다면 거기에 있어요."

안녕을 빌며 —
헬렌 한프

° John Donne(1572~1631) 영국의 시인. 대표적인 형이상학파 시인이며 런던 세인트폴 성당의 참사원장을 지내기도 했다. 사제 서품을 받기(1615) 전에 주로 쓴 세속적인 시, 종교적 운문과 논문, 17세기의 가장 뛰어난 것으로 꼽히는 설교들로 유명하다.

마크스 & Co. 중고서적
채링크로스 가 84번지
런던 W. C. 2

헬렌 한프 양
미국 뉴욕주 뉴욕시 28
95번가 이스트 14번지

1950년 9월 20일

친애하는 한프 양,

편지 드린 지 너무 오랜만입니다. 저희가 당신 요청을 다 잊어버렸을 거라고 생각하지 않았으면 좋겠습니다.

여하튼, 현재 재고에 옥스퍼드판 영시선이 들어왔습니다. 인도지에 파란색 헝겊 제본으로 1905년판 원본이며, 면지에 잉크로 글씨 쓴 것이 있기는 하지만 상태가 양호한 중고 서적으로 가격은 2달러입니다. 이미 구입을 하셨을 수도 있기에 우송 전에 미리 여쭤보는 게 좋겠다고 판단했습니다.

언젠가 뉴먼의 대학의 이상°에 대해 문의하셨죠. 이 책의 초판에 관심이 있으실지 모르겠습니다. 한 부를 구입했는데, 세부 설

° John Henry Newman(1801~1890), 『Idea of a University』 뉴먼은 19세기에 큰 영향력을 행사한 성직자·저술가. 영국 국교회의 옥스퍼드 운동을 이끌었으며 나중에는 로마 가톨릭 교회의 부제 추기경이 되었다. 여러 권의 설교집을 통해 교회의 교리적 권위를 되새기고 영국 성공회를 개혁하는 데 힘썼다.

명은 다음과 같습니다.

　뉴먼(존 헨리, **명예신학박사**) 더블린의 천주교도를 대상으로 행한 대학 교육의 본질과 전망에 관한 강연. 초판, 더블린, 전8권, 송아지 가죽 장정. 몇몇 쪽에 약간 빛 바랜 얼룩이 있으나 제본에 상한 곳이 없는 상태 양호한 중고서.　　　가격 6달러

　원하실 경우를 생각해서 답장을 주실 때까지 두 권 모두 한쪽에 따로 보관해두겠습니다.

다정한 안부를 전하며

마크스 서점
프랭크 도엘 드림

1950년 9월 25일

그는 6달러 가격에 뉴먼의 대학 초판을 구해놓고, 능청맞게 묻는도다. 관심이 있느냐고.

친애하는 프랭크 :

예, 원하죠. 초판 그 자체에 관심을 가져본 적은 없지만, 그 책의 초판이라면요!

휴, 세상에.

벌써 눈앞에 아른거려요.

옥스퍼드 시선도 보내주세요. 제가 뭔가를 어느 다른 곳에서 찾았을까 궁금해하실 것 없어요. 이제 더는 다른 곳을 두리번거리지 않으니까요. 이 타자기에서 한 발짝도 떠나지 않고도 깔끔하고 아름다운 책을 구할 수 있는데, 뭐하러 저 17번가까지 내려가 그 더럽고 못난 책들을 사겠어요? 여기 이 자리에서는 런던이 17번가보다 훨씬 가깝답니다.

8달러를 동봉하니, 하느님, 굽어살피소서. 제가 브라이언의 고소건에 대해 말씀드렸던가요? 그 친구는 런던의 한 기술 전문 서점에서 물리학 학술서를 구매해오고 있는데, 저처럼 엉성하게 되는 대로 사는 사람이 아니거든요. 고급서 한 질을 구입하고는 록펠러 플라자에 가서 줄 서서 기다렸다가 우편환을 신청하여 전보인가 뭔가 하는 것을 쳤겠죠? 사업가인지라 매사에 빈틈이 없거든요.

그런데 우편환이 우송 중에 증발했다 이거예요.

대영제국의 우정국이여, 분발할지어다!

HH

초판 구입을 기념하며 아주 작은 소포를 하나 보냅니다. 해외 연합이 드디어 저를 위한 맞춤 도서 목록을 보내주었답니다.

마크스 & Co. 중고서적
채링크로스 가 84번지
런던 W. C. 2

1950년 10월 2일

친애하는 헬렌,

벌써 몇 주 전에 스냅 사진을 서점에 갖다 놨는데, 여기 일이 끔찍하게 바빠서 아직 부치지를 못했어요. 더그(제 남편이죠)가 배치된 영국 공군 부대가 있는 노포크에서 찍은 것이에요. 내가 예쁘게 나온 것은 하나도 없지만 아이들이 제일 잘 나온 사진들이고, 더그의 사진 한 장은 아주 좋아요.

영국에 오겠다는 당신 소원이 이루어진다면 얼마나 좋을까요. 꾸준히 푼돈을 모아서 다음해 여름에 오면 안 되겠어요? 저희 엄마, 아빠가 미들섹스에 집이 있는데, 반가이 맞아주실 거예요.

메건 웰스(두 사장님의 비서예요)와 저는 7월에 저지(아일랜드 해협)에서 일주일 휴가를 보내려고 해요. 그때 우리랑 같이 갔다가 남은 시간은 미들섹스에서 지내는 거예요, 네?

벤 마크스가 자꾸 보려고 해서 이만 줄여야겠어요.

세실리 드림

1950년 10월 15일

좋다고요!!!

프랭크 도엘, 내가 **당신한테** 할 말은 우리가 타락하고 파괴적이고 변질된 시대에 살고 있다는 것뿐이에요. 서점, 다른 데도 아닌 **서점**이라는 곳이 아름다운 고서들을 찢어 포장지로 쓰는 그런 시대 말이에요. 존 헨리가 바깥으로 나왔을 때 전 이렇게 말했지요.

"그런 일이 벌어진다는 것을 믿을 수 있어요, 고귀하신 양반?" 그는 그럴 수 없다고 말하더군요. 당신은 중대한 전투가 벌어지는 장면에서 책장을 뜯어냈고, 이제 전 그게 무슨 전쟁이었는지도 알 수가 없어요.

뉴먼이 도착한 지 일주일이 되어가는 이제야 마음이 진정되네요. 이 책을 하루 종일 탁자 위에 두고 타자를 치다가 한 번씩 만져보곤 해요. 이게 초판이라서가 아니라 이렇게 아름다운 책은 난생 처음 보기 때문이에요. 이걸 제가 소유한다는 사실에 살짝 죄책감마저 들어요. 은은하게 빛나는 가죽과 금박 도장과 아름다운 서체는 영국 어느 시골 가정의 소나무 책장에나 어울릴 만한 품격이에요. 이 책은 벽난로 옆에 놓인 가죽 안락 의자에서 읽어야 제격이지 이런 누추한 단칸방의 다 망가진 적갈색 장식벽 앞에 놓인 중고 침대 겸용 소파에서 읽을 것이 아니에요.

　Q 선집°을 구했으면 해요. 얼마였는지 잘 기억이 안 나는데, 지난번 편지를 못 찾겠어요. 2달러쯤 됐던 것 같아서 1달러짜리 두 장을 함께 보내니 모자라면 알려주세요.

　그리고 이 책은 LCXII(62)쪽과 LCXIII(63)쪽으로 포장해주시지 않겠어요? 최소한 누가 그 전투에서 승리했고, 그 전쟁이 무슨 전쟁이었는지라도 알 수 있게 말이에요, 네?

HH

추신 : 혹시 샘 페피스의 일기°°가 있을까요? 기나긴 겨울밤에 필요할 것 같아서요.

°　　『Q Anthology : A Selection from the Prose and Verse of Sir Arthur Quiller-Couch』

°°　　『The Diary of Samuel Pepys』, 새뮤얼 페피스는 17세기 런던에서 살았던 유명한 일기 작가. 페피스 가문은 당시 명문가로, 1660~1669년에 쓴 페피스의 일기에는 당시 유명인들과의 교류와 생활상이 잘 나타나 있다. 또 그 분량도 방대하여 일기 문학의 고전으로 꼽힌다.

마크스 & Co. 중고서적
채링크로스 가 84번지
런던 W. C. 2

헬렌 한프 양
미국 뉴욕주 뉴욕시 28
95번가 이스트 14번지

1950년 11월 1일

친애하는 한프 양,

답신이 늦어져서 죄송합니다. 하지만 일주일 정도 자리를 비웠더니 여기저기 답장할 것이 많군요.

먼저, 우리가 클래런던 백작°의 반란 같은 고서를 포장지로 쓴다거나 하는 염려는 안 하셔도 됩니다. 이 경우에는, 어쩌다 잘못해서 두 권이 겉장이 떨어져 나간 것뿐입니다. 정신이 온전한 사람이라면 포장지 값으로 우리한테 1실링을 주지는 않았을 겁니다.

°   Edward Hyde, 1st earl of Clarendon(1609~1674) 영국의 정치가 · 역사가. 찰스 1세와 찰스 2세 때 장관을 역임했으며 『영국의 반란과 내전의 역사History of the Rebellion and Civil Wars in England』의 저자이다.

퀼러 쿠치 선집 순례자의 길°°은 서적 우편으로 발송했습니다. 부족한 금액이 1.85달러이니 한프 양이 보낸 2달러면 충분합니다. 현재 재고에는 페피스의 일기가 없지만 한 권 찾아보겠습니다.

늘 행복하기를 바라며
마크스 서점
F. 도엘 드림

°°   『The Pilgrim Way』.

마크스 & Co. 중고서적
채링크로스 가 84번지
런던 W. C. 2

헬렌 한프 양
미국 뉴욕주 뉴욕시 28
95번가 이스트 14번지

1951년 2월 2일

친애하는 한프 양,

'Q' 선집이 마음에 드셨다니 기쁩니다. 옥스퍼드판 영국 산문선은 현재 재고에 없지만 찾아드리도록 애를 쓰겠습니다.

로저 드 커벌리 경의 수필선°에 관해 말씀드리자면, 때마침 저희 재고에 18세기 수필선으로 한 권 있는데, 좋은 수필들이 수록되어 있고 체스터필드와 골드스미스°°의 수필도 있습니다. 오스

°　　『Sir Roger de Coverley Papers』(1899), 영국의 유서 깊은 신문《스펙테이터》에 1711년에서 1712년 사이에 실렸던 수필 가운데 일부를 모은 수필선. 이 신문은 로저 드 커벌리 경 등 가상의 인물을 설정하여 소설 형식으로 영국 사회상을 그려냈다.

°°　Philip Dormer Stanhope, 체스터필드 백작 4세(1694~1773) 영국의 정치가이자 외교관. 예절, 사교술, 처세술 안내서인 『Letters to His Son』『Letters to His Godson』이 유명하다. — Oliver Goldsmith(1730~1774), 수필, 시, 소설, 희곡 등 여러 장르의 글을 쓴 영국 작가. 수필집 『세계의 시민The Citizen of the World, or, Letters from a Chinese Philosopher』, 시 『황폐한 마을The Deserted Village』, 소설 『웨이크필드의 목사The Vicar of Wakefield』 등으로 유명하다.

틴 돕슨이 편집을 맡았는데 아주 훌륭하고 1.15달러밖에 하지 않습니다. 이미 서적 우편으로 발송했습니다. 좀더 완성도가 높은 애디슨과 스틸°°° 선집을 원하시면 알려주십시오. 찾아보도록 하겠습니다.

저희 서점에는 마크스 씨와 코헨 씨를 빼고 모두 여섯 명이 있습니다.

마크스 서점
프랭크 도엘 드림

이스트코트
피너
미들섹스

51년 2월 20일

나의 친애하는 헬렌 —

방법은 여러 가지가 있겠지만 엄마와 내 생각에는 이것이 가장 간단한 방법일 것 같아요. 커다란 대접에 밀가루 한 컵, 달걀 한 개, 우유 반 컵, 소금을 넉넉히 넣은 뒤에 진한 크림이 될 때까지 잘 휘저어주세요. 그러고는 냉장고에 몇 시간 넣어둬요. (아침 일찍 해놓는 것이 가장 좋은 방법이죠.) 고기는 오븐에 넣기 전에 팬에서 잠깐 달궈주세요. 고기가 다 구워지기 30분 전에 고기에서 나온 기름을 달군 팬에 뿌려주세요. 팬바닥을 한번 싹 덮을 정도면 돼요. 팬은 아주 뜨겁게 달군 상태여야 합니다. 이제 푸딩을 부으면 고기 구이와 푸딩이 동시에 완성되는 거예요.

이 요리를 한 번도 본 적이 없는 사람한테 어떻게 설명을 해야 할지 난감하지만, 잘 된 요크셔 푸딩은 아주 높이 부풀어오르고 노릇노릇한 색깔에 바삭바삭해요. 칼로 잘라보면 속이 텅 비어 있고요.

영국 공군이 더그를 노포크에 붙들어두고 있어서 당신의 크리스마스 선물 깡통은 그이가 집에 올 때까지 꽁꽁 아껴두고 있답니다. 그이가 집으로 돌아오면 얼마나 근사한 잔치가 될까요! 헌데, 정말이지 왜 이런 데다 돈을 쓰고 그래요!

요크셔 푸딩을 브라이언의 생일상에 올릴 수 있으려면 지금 당장 날아가서 부쳐야겠어요. 성공했는지 알려주세요.

사랑을 담아 —

세실리

95번가 이스트 14번지

1951년 2월 25일

친애하는 세실리 ─

요크셔 푸딩은 이 동네 것이 아니에요. 여기에는 그 비슷한 것도 없답니다. 한 친구한테 설명하자니, 키가 높고 굽은 모양에 부드럽고 속 빈 와플이라고 할 수밖에 없었어요.

식료품 소포 가격은 염려하지 마세요. 해외연합이 비영리인지 면세인지 모르겠지만 무지무지 싸요. 그 크리스마스 소포 전체를 마련하는 데 칠면조 한 마리 값도 안 들더라니까요. 주문 갈비구이나 양고기 다리같이 값이 좀 나가는 품목도 있지만, 그런 것들도 정육점 가격보다는 싼 축에 들지요. 그러니 제가 보내드리지 않고 견딜 수가 있겠어요? 상품 목록을 죽 펼쳐놓고 꾸러미 105(달걀 한 꾸러미와 단 비스킷 깡통이 포함된 품목이죠)와 꾸러미 217B를 놓고 어느 것이 좋을지 고르느라 한세월 보냈답니다. 달걀 한 꾸러미는 맘에 들지 않아요. 한 사람에 달걀 두 알씩 해서 누구 코에 붙이겠어요? 하지만 브라이언 가라사대, 분말 건달걀은 접착제 맛이 난대나 어쩐대나……. 그러니 골치 아플밖에요.

한 제작자가 내 희곡이 맘에 든다면서 방금 전화를 했어요(하지만 무대에 올릴 만큼은 아니라네요). 지금 TV 연속극을 연출하고 있는데, 나보고 방송 대본을 써볼 생각이 있느냐는 거예요. '두 장입니다' 하고 내뱉듯이 말하는데, 알고 보니 200달러라는 뜻이었어요. 주당 40달러짜리 대본 검토자인 나한테 말이죠! 내일 시내에서 만나기로 했어요. 행운을 빌어주세요.

진심으로 —
헬렌

1951년 4월 4일

친애하는 헬렌 —

보내주신 멋진 부활절 소포, 잘 받았어요. 프랭크가 내일 아침 출장을 가기 때문에 모두가 좀 어수선한 상태라서 감사 인사를 못하고 있었어요. 물론 프랭크의 한프 양에게 누구 다른 사람이 감히 편지를 쓸 수도 없는 노릇이었고요.

어휴, 헬렌, 고기라니요! 정말로 왜 자꾸 이런 데다 돈을 쓰고 그래요? 보나마나 큰돈이 들었을 텐데요. 당신의 따뜻한 마음에 축복이 깃들기를……

벤 마크스가 일거리를 가지고 오네요. 이만 줄여야겠어요.

사랑을 보내며

세실리

1951년 4월 5일

친애하는 한프 양,

마크스 서점 앞으로 보내주신 부활절 소포가 무사히 도착했다는 인사 편지입니다. 받은 것은 며칠 전이지만, 도엘 씨가 출장으로 자리를 비운 까닭에 이제야 감사를 표합니다.

고기를 보고는 모두가 잠시 할말을 잊었습니다. 달걀과 통조림도 큰 환영을 받았고요. 당신의 친절하고 자상한 배려에 우리 모두가 얼마나 감사하는지 꼭 편지로 말씀드리고 싶었어요.

저희 모두 당신이 가까운 장래에 영국으로 오실 수 있기를 바랍니다. 오시기만 한다면, 즐거운 여행이 되도록 저희가 최선을 다하겠습니다.

메건 웰스 드림

턴브리지 가
사우스엔드 온 시
에섹스

1951년 4월 5일

친애하는 한프 양 :

저는 마크스 서점에서 2년 가까이 도서 목록 만드는 일을 하고 있는 사람입니다. 소포를 보내주실 때마다 번번이 한몫을 나눠 받고 있습니다. 그래서 매우 고맙다는 인사를 드리고 싶습니다.

저는 올해 연세가 일흔다섯이신 종조할머니와 함께 살고 있는데, 제가 살코기와 혓바닥고기 통조림을 집으로 가져갔을 때 저희 할머니가 기뻐하시던 얼굴을 보셨더라면 우리가 얼마나 감사하는지 느끼실 수 있었을 겁니다. 저 멀리 떨어진 곳에서 누군가가 본 적도 없는 사람들에게 그렇게 친절하고 자상할 수 있다는 것을 생각하면 마음이 훈훈해집니다. 서점의 다른 분들도 모두 같은 생각일 것입니다.

언제라도 런던에서 받고 싶은 것이 떠오르신다면 제가 누구보다 기쁜 마음으로 앞장서겠습니다.

빌 험프리스 드림

마크스 & Co. 중고서적
채링크로스 가 84번지
런던 W. C. 2

친애하는 한프 양,

소포에 대한 인사가 없어 혹시 뭐가 잘못된 건 아닌지 염려하고 계셨을지도 모르겠습니다. 그리고 아마도 우리를 감사도 모르는 패거리로 생각하셨겠지요. 사실은 제가 그동안 안쓰럽게 바닥난 재고를 채우기 위하여 교양 있는 가정을 찾아 전국 곳곳을 돌아다녀야 했습니다. 제 집사람은 이제 저보고 숙식만 제공받는 하숙생이라고 부릅니다. 하지만 물론 건조 달걀과 햄은 말할 것도 없고 탐스러운 **고기**까지 들고 집에 들어서자 집사람은 저를 썩 괜찮은 남자라 여기며 모든 것을 용서해주더군요. 그렇게 많은 양의 고기를 한 덩어리로 본 것은 참으로 오랜만의 일이었습니다.

어떤 식으로든 감사의 마음을 전하고 싶어 오늘 서적 우편으로 작은 책을 한 권 부쳤습니다. 부디 한프 양 마음에 들기를 바랄 뿐입니다. 얼마 전에 엘리자베스 시대의 연애 시집을 한 권 찾아달라고 부탁하셨는데, 글쎄요, 저로서는 이것이 최선이었습니다.

마크스 서점
프랭크 도엘 드림

[『엘리자베스 시대의 시인들』에 동봉된 카드]

헬렌 한프 귀하

항상 행복하시기를 기원합니다

자상한 배려에 깊이 감사드리며

1951년 4월, 런던 채링크로스 가 84번지에서

친구 일동

1951년 4월 16일

채링크로스 가 84번지의 친구 여러분에게 :

아름다운 책, 고맙습니다. 책장 전체가 금테두리로 된 책은 가져 보지 못했어요. 이 책이 제 생일에 도착했다는 사실, 믿어지세요?

여러분이 좀 덜 조심하여 카드를 쓰는 대신 속표지에다 글을 남기셨더라면 얼마나 좋았을까요. 행여나 책의 가치가 떨어질세라 노심초사하는, 서적상의 본분이 거기서 발휘된 거겠죠? 현재의 소유자에게는 가치를 높이는 일이었을 텐데 말이에요(그리고 미래의 소유자에게도 그랬을 거예요. 저는 속표지에 남긴 글이나 책장 귀퉁이에 적은 글을 참 좋아해요. 누군가 넘겼던 책장을 넘길 때의 그 동지애가 좋고, 오래 전에 세상을 떠난 누군가의 글은 언제나 제 마음을 사로잡는답니다).

그리고 서명은 왜들 안 하셨어요? 저는 프랭크가 못하게 한 거라고 봐요. 십중팔구 내가 프랭크 본인 이외의 다른 사람한테 연애 편지 하는 것도 못마땅해할 테고요. (일본과 독일의 재건 사업에는 막대한 돈을 쏟아부으면서 영국은 굶주리도록 놔두는 이 믿지 못할 우방) 미국에서 여러분께 인사 보냅니다. 언젠가, 사정이 허락한다면, 제가 직접 건너가 내 나라가 지은 죄를 저 개인적으로라도 사과하겠습니다(그리고 귀국할 때면 내 개인적인 사과에 대하여 이 나라가 저한테 사죄를 해야 할 겁니다).

이 아름다운 책에 대해 다시 한 번 감사드립니다. 술과 담뱃재로 더럽히지 않도록 세심하게 주의하겠습니다. 정말이지 저 같은 사람이 소유하기에는 너무나 고상한 책입니다.

여러분의 벗
헬렌 한프

런던, 뒷골목

1951년 9월 10일

소중한 친구야—

디킨스 책에서 막 튀어나온 듯한 고색창연한 멋쟁이 서점이더구나. 직접 와서 보면 너도 완전히 넋을 잃을 거야.

외부에 진열대가 있길래 우선 발길을 멈추고 이것저것 들춰보면서 구경꾼 태세를 갖추고 나서 방랑을 시작했지. 안은 어둑어둑해서 눈에 보이기 전에 냄새가 먼저 손님을 반기더구나. 참 기분 좋은 냄새야. 설명하기가 쉽지는 않지만, 먼지와 곰팡이와 세월의 냄새에, 바닥과 벽의 나무 냄새가 얽히고설킨 냄새라고 하면 될까……. 안쪽으로 들어가면 왼쪽으로 탁상용 등이 놓인 책상이 하나 있고, 한 남자가 앉아 있어. 나이는 쉰 정도에 코만 보이는 남잔데, 고개를 들고 '안녕하십니까?' 하는 것이 북부 억양이었지. 내가 그냥 구경하는 거라고 하니까 그러라고 하시더구나.

진열장은 끝없이 이어져. 오래된 참나무로 만들었는데, 천장에 닿을 만큼 높고 잿빛 비슷한 빛깔이 나더구나. 오랜 세월에 걸쳐 먼지를 빨아들이다 보니 더는 자기 색이 아니게 된 그런 색 말이야. 판화 구역도 따로 있는데, 그냥 길다란 판화 진열대 정도라고 하는 게 맞겠다. 크룩섕크와 래컴과 스파이° 같은, 훌륭한 옛날 영국 풍자화가들이나 삽화가들의 작품집들인데, 내가 변변치 못해 아는 게 별로 없으니…… 또 아주아주 오래된 예쁜 삽화 잡지도 몇 권 있었어.

너의 친애하는 프랭크나 여직원 중 누구라도 나타나지 않을까 하면서 반 시간쯤 있었지만, 내가 들어간 게 1시 정도라 모두 점심 먹으러 갔겠거니 하는 생각이 들어서 그냥 돌아왔지.

너도 알다시피, 비평이 썩 좋은 것은 아니지만, 여기 사람들이 몇 달은 버텨줄 거라고 장담하더라고. 그래서 어제 아파트 탐색에 나섰고 나이츠브리지 동네에 아담한 '침실 겸 거실' 아파트를 한 칸 찾았어. 지금은 주소를 안 갖고 왔는데, 나중에 보내주거나 아니면 네가 우리 어머니한테 전화를 해도 되고.

° George Cruikshank(1792~1878), 18세기 영국의 삽화가. 찰스 디킨스의 『올리버 트위스트』에 삽화를 그린 것으로 유명하다. 『만화 연감The Comic Almanak』 등 직접 책을 펴내기도 했다. — Arthur Rackham(1867~1939), 영국의 삽화가. 피터 팬에 버금가는 아동 문학의 고전 『버드나무에 부는 바람』의 삽화를 그렸다. — Sir Leslie Ward(1851~1922), 스파이라는 가명으로 활동한 영국의 풍자화가. 수많은 유명 인사들의 풍자화를 그렸다.

먹는 일은 문제 없어. 식당이나 호텔에서 식사를 하거든. 클라리지 같은 최고급 식당에서 구운 쇠고기며 돼지 갈비 요리를 원하는 대로 먹을 수 있어. 값은 천문학적이지만 환율이 좋아서 감당할 수는 있지. 물론 내가 영국 사람이었다면 우리를 혐오했겠지만, 이 사람들은 우리한테 너무나 잘해준다니까. 모두들 우리를 자기네 집과 클럽으로 초대했단다.

단, 설탕이든 사탕이든 단 것이 여기서 구할 수 없는 유일한 품목이야. 내 개인적으로는 천만다행이다, 싶어. 여기서 4~5킬로그램은 빼고 갈 계획이니까.

편지해줘.

사랑을 담아,
맥신

1951년 9월 15일

맥신, 네 천사 같은 마음씨에 축복 있기를……. 너무나 멋진 편지였어. 글은 나보다 네가 더 잘 쓰는 것 같아.

어머님께 네 주소를 여쭤보려고 전화 드렸더니, 각설탕하고 네슬레 초콜릿이 가는 중이라고 알려주라시는구나. 그런데, 너 다이어트 한다고 그러지 않았니?

볼멘소리를 하고 싶지는 않지만, **네가** 대체 무슨 착한 일을 했길래 하느님이 나한테는 여기 95번가에 붙박혀 "엘러리 퀸의 모험" 대본이나 쓰게 하고, **너한테** 나의 서점을 구경시켜주시는지 알고 싶구나. 내가 립스틱 묻은 담배를 실마리로 쓰는 것이 허용되지 않는다는 얘기 해줬니? 배유크 담배회사에서 협찬을 받는데, '담배'라는 말을 언급할 수가 없다는 거야. 촬영 세트에 재떨이는 놓을 수 있으나 거기에 담배 꽁초가 있어서는 안 된다는 거지. 담배 꽁초가 보기 흉하기 때문이래나 어쨌대나. 재떨이에 들어 있어도 되는 거는 뜯지 않은 배유크 담뱃갑뿐이야.

그러니까 네가 클라리지 식당에서 길거드와 화기애애하게 한 잔하고 있단 말이지.

런던 얘기 좀 해줘. 지하철이며 법학원, 메이페어 거리, 글로브 극장이 있는 곳, 뭐든지 말이야. 난 까다로운 사람이 아니잖아. 나이츠브리지에 관해서도 얘기해줘. 에릭 코우츠°의 《런던 모음곡》을 들으면 녹음이 우거진 포근한 곳일 깃 같던데. 아니, 《다시 런던 모음곡》에서였나?

xxxx

hh

°   Eric Coates(1886~1957), 영국 경음악의 아버지로 불린다. 『London Suite』 『London Again Suite』는 1930년대와 40년대 BBC 라디오 런던의 풍물 소개 프로그램인 〈In Town Tonight〉에 사용된 배경 음악 모음집이다.

1951년 10월 15일

아니, 이런 걸 무슨 페피스의 일기라고 한단 말이죠?

이건 페피스의 일기가 아니라 웬 중뿔난 편집자가 페피스의 일기를 야비하게 **발췌해다** 망가뜨려놓은 책이에요.

침이라도 뱉어주고 싶네요.

1668년 1월 12일은 어디 갔지요? 그의 아내가 침대에서 뛰쳐나와 불붙은 포커장을 들고 달아나는 페피스를 잡겠다고 온 방안을 이리 뛰고 저리 뛴 그 날이요.

퀘이커 교리를 갖고 만나는 사람마다 붙잡고 괴롭히던 w. 펜 경의 아들은 어디 갔고요? 이 가짜 책에서 그 사람 얘기는 **딱 한 번** 나오네요……. 그리고 난 필라델피아 출신이라고요.°

얄팍한 1달러 두 장 동봉합니다. **일단은** 그냥 갖고 있다가 당신이 진짜 페피스를 찾아주면 이 대용품 책일랑은 한 장 한 장 뜯어서 **포장지로나 쓸랍니다.**

HH

°   w. 펜pen의 아들은 펜실베이니아 식민지의 개척자였다. 펜실베이니아라는 이름도 '펜'의 삼림지라는 뜻이다. 한프는 그만큼 중요한 인물에 대한 기록을 누락시킨 이 책을 이런 식으로 비아냥거린 듯하다.

추신. 크리스마스 선물로 날달걀이 좋을까요, 아니면 분말 건달 갈이 좋을까요? 건달걀이 가기는 오래 가겠지만 '덴마크에서 날아온 신선한 농장 달걀'이 맛은 훨씬 좋을 텐데요? 투표에 부쳐보시겠어요?

마크스 & Co. 중고서적
채링크로스 가 84번지
런던 W. C. 2

헬렌 한프 양
미국 뉴욕주 뉴욕시 28
95번가 이스트 14번지

1951년 10월 20일

친애하는 한프 양,

우선 페피스 책에 대해 사과드립니다. 솔직히 저는 그 책이 브레이브루크 완결판이라고 판단했습니다. 아끼시는 단락이 없다는 것을 알았을 때 기분이 어떠셨을지 상상이 갑니다. 앞으로 들어오는 책 가운데 가격이 적절한 책으로 찾아보겠다고 약속드립니다. 그리고 편지에 언급하신 대목이 들어 있다면 그것도 함께 보내드리겠습니다.

저희가 방금 구입한 한 개인의 장서에서 한프 양에게 보낼 몇 권을 찾았다는 말씀을 드리게 되어 기쁩니다. 한프 양이 좋아하는 수필 대부분이 수록된 리 헌트가 있고, 불가타 신약성서도 한 부 있습니다. 괜찮은 것이기를 바랍니다. 또 쓸모가 있지 않을까 하여 불가타 사전도 포함시켰습니다. 20세기 영국 수필집도 한 권 있습니다. 힐레어 벨록 이 한 편뿐이고 화장실 얘기는 전혀 없지만 말입니다. 17실링 6펜스, 즉 약 2.5달러에 해당하는 청구서를 함께 넣습니다. 하지만 한프 양의 신용장 잔액이 2달러 가까이 되므로 저희 쪽에서 전액 지불할까 합니다.

　달걀에 대해서는, 동료들과 이야기해보았는데 모두가 신선한 달걀이 더 좋겠다고 생각하는 듯합니다. 말씀하신 대로 그리 오래가지는 않겠지만 맛이 훨씬 좋을 테니까요.

　우리 모두 선거가 끝나고 시절이 좀 좋아지기를 고대하고 있습니다. 처칠과 그 일행이 선출된다면, 저는 그렇게 될 거라고 생각하는데, 모두가 크게 기운이 날 것입니다.

한프 양의 행복을 기원하며,

마크스 서점

프랭크 도엘 드림

1951년 11월 2일

친애하는 초고속 씨 —

휴, 아찔하군요. 리 헌트와 불가타 성서를 여기에 이렇게 꽈광하고 떨어뜨려주시다니⋯⋯. 미처 못 느끼셨을 테지만, 제가 주문을 드린 지 아직 2년도 채 되지 않았다고요. 이런 속도로 계속 가시다 심장 마비라도 일으키지 않을까 염려됩니다.

아니에요, 이건 몹쓸 소리였어요. 저 때문에 그렇게 고생을 하시는데 고맙다 인사 한번 없이 놀리기나 하고, 못됐어요. 저 때문에 고생하시는 것에 대해 정말로 감사히 여기고 있어요. 3달러 동봉하는데, 맨 위 것은 죄송해요. 커피를 쏟았는데 그런 대로 괜찮을 것 같아서 훔치지 않았어요. 얼마 짜린지는 다 보이잖아요?

혹시 양장본 성악곡 악보집도 취급하세요? 바흐의 마태수난곡이나 헨델의 메시아 같은 것으로요. 여기서도 셔머 서점에 가면 구할 수 있겠지만 찬바람 부는 길을 50블록이나 가야 해서 먼저 여쭤봐야겠다 싶었어요.

처칠 일파의 승리, 축하드립니다. 배급량을 조금 늘려줬으면 좋겠네요.

도엘은 웨일스 성인가요?

HH

마크스 & Co. 중고서적
채링크로스 가 84번지
런던 W. C. 2

헬렌 한프 양
뉴욕주 뉴욕시 28
95번가 이스트 14번지

1951년 12월 7일

친애하는 한프 양,

달걀과 혓바닥고기 통조림 두 상자가 모두 무사히 도착했다는 것을 아시면 기뻐하시리라 믿습니다. 저희 모두 당신의 매우 자상한 마음씨에 다시 한 번 진심으로 감사하고 있습니다. 우리 직원 가운데 가장 연장자인 마틴 씨가 얼마간 병가를 냈기 때문에 달걀의 대부분, 사실은 한 상자를 통째로 갖다드렸는데, 물론 무척 기뻐하셨습니다. 혓바닥고기 통조림은 아주 먹음직스러워 보여서 우리 식료품실에 아주 반가운 추가 품목이 될 것입니다. 제 경우에는 특별한 날을 위해서 따로 아껴둘 작정입니다.

지역의 모든 음악 서점에 문의를 했지만 메시아나 바흐의 마태수난곡 둘 다 양장본으로 깔끔한 중고본은 구할 수 없었습니다. 그러다 출판사에서 직접 신간을 구할 수 있다는 것을 알게 되었습니다. 가격은 약간 높지만 구입하는 것이 나을 것 같아서 서적 우편으로 며칠 전에 발송을 했습니다. 며칠 안으로 도착할 것입니다. 모두해서 £1/10/＝$4.20인데, 청구서는 책과 동봉합니다.

저희가 자그마한 크리스마스 선물을 보냅니다. 리넨인데, 그걸로 세금 내실 일이 없기를 바랍니다. 소포에 '크리스마스 선물'이라고 기재했고, 지금은 그저 행운을 빌고 있습니다. 아무튼, 마음에 드셨으면 좋겠고 저희의 진심 어린 크리스마스와 새해 축원으로 받아주셨으면 좋겠습니다.

도엘은 웨일스 성은 분명히 아닙니다. 프랑스 낱말 '노엘'의 원시적 압운으로 보이는데, 어쩌면 프랑스 성일 가능성도 있다고 봅니다.

마크스 서점
프랑크 도엘 드림

[정성껏 수놓은 리넨 식탁보에 동봉된 카드]

크리스마스 축하 인사

그리고

새해에

만사 형통을 기원하며

조. 마틴   메건 웰스   W. 험프리스

세실리 파   프랭크 도엘   J. 펨버턴

마크스 & Co. 중고서적
채링크로스 가 84번지
런던 W. C. 2

헬렌 한프 양
뉴욕주 뉴욕시 28
95번가 이스트 14번지

1952년 1월 15일

친애하는 한프 양,

우선, 식탁보가 마음에 드셨다는 말씀에 모두들 기뻐했습니다. 저희 모두가 아주 기쁜 마음으로 보내드린 것이고, 지난 몇 해 동안 보내주신 친절한 선물에 대한 저희의 작은 성의 표시입니다. 그 식탁보가 얼마 전 우리 플랫(아파트) 옆집에 사시는 팔순 할머니가 손수 수놓은 것이라는 사실을 알면 놀라실지도 모르겠습니다. 혼자 사시는 할머닌데 취미로 자수를 많이 놓습니다. 손수 만든 것을 남한테 내놓는 경우가 좀처럼 없는 분인데, 제 아내가 겨우 설득해 그 식탁보를 샀답니다. 보내주신 분말 달걀을 할머니한테 조금 선물로 드렸나 본데, 그게 크게 도움이 되었던 모양입니다.

그롤리에° 성서를 꼭 닦아야겠다면 보통 비누와 물을 사용하시면 됩니다. 온수 반 리터에 소다 한 티스푼을 타고 비누 묻힌 스폰지로 닦으세요. 이것으로 때를 제거하고 나서 라놀린을 조금 발라 광을 내주시면 될 겁니다.

J. 펨버턴은 여성이고, J는 재닛의 약자입니다

저희 모두 한프 양의 새해에 행복이 깃들기를 기원합니다.

프랭크 도엘 드림

°   Jean Grolier de Servieres, Vicomte d'Agiusy(1479~1565), 프랑스의 장서가. 세계 최초의 출판사 가운데 하나인 알두스 출판사를 설립한 알두스 마누티우스의 후원자였으며, 금박을 입힌 호화 양장에 특히 관심이 많았다. 약 3,000여 권에 이르는 그롤리에의 장서는 1675년에 매각되어 흩어졌는데, 전부 모로코 가죽이나 송아지 가죽으로 화려하게 장정된 책들은, 금박 등 여러 가지 빛깔로 정교하게 장식되어 있었다. 지금까지 400권 정도가 남아 있으며, 19세기 후반에는 뉴욕에 그롤리에 클럽이 생겨나기도 했다.

52년 1월 20일

친애하는 한프 양 :

마크스 서점에 보내주신 훌륭한 식료품 소포 덕분에 저희 가족이 얼마나 큰 도움을 받는지 모른다고, 언제 한번 인사를 드려야겠다고 생각만 하고 정작 인사를 드리지 못했어요. 헌데, 프랭크가 와서 당신이 그 식탁보에 수를 놓으신 할머니의 이름과 주소를 알고 싶어한다고 그러니까 이제야 핑계가 생긴 것 같아요. 참 아름다운 솜씨죠, 네?

그분 성함은 볼턴 부인이고, 우리 옆집 오크필드 코트 36호에 사세요. 그 식탁보가 대서양을 건넜다는 것을 알고는 뛸 듯이 좋아하셨어요. 당신이 그 식탁보에 얼마나 탄복했는지 직접 들으신다면 더 기뻐하실 테지요.

건달걀을 더 보내주시고 싶어하신다니 고마워요. 하지만 아직도 겨울을 날 만큼은 남아 있답니다. 4월에서 9월 사이에는 저희 쪽에도 달걀 사정이 괜찮은 편이에요. 한 번씩 배급이 나오면 조금씩 통조림과 맞바꾸곤 하는데, 한번은 특별한 경우로 건달걀 한 깡통을 나일론 양말 한 켤레와 교환했답니다. 합법적인 건 아니지만 살림에 큰 도움이 되었지요!

최근에 찍은 단란한 저희 가족 사진을 보내드릴게요. 우리 큰딸은 지난 8월에 열두 살이 되었고 이름은 실라인데, 참, 제 친딸은 아니구요. 프랭크가 전쟁 중에 첫 아내를 잃었거든요. 막내 메리는 지난주에 네 살이 됐어요. 지난 5월에는 실라가 학교에서 엄마와 아빠한테 기념일 카드를 보낸다고 발표하고는 수녀님들한테 (수녀원부속학교거든요) 우리가 결혼한 지 4년째라고 말했다는군요. 예상하실 수 있겠지만, 사정을 설명하느라 애를 좀 먹었어요.

　새해에 모든 일이 잘 되시라는 인사로 이 편지를 닫을게요. 무엇보다 조만간 영국에서 당신을 만날 수 있기를 바라는 소원을 담아서요.

노라 도엘 드림

1952년 1월 29일

친애하는 한프 양 :

편지 아주 고마웠어요. 내가 만든 식탁보가 아가씨한테 너무나 큰 기쁨을 주었다고 말해주니, 그 마음씨가 참 고맙구려. 앞으로도 계속해서 만들 수 있으면 좋으련만……. 도엘 내외가 당신한테 내가 제법 나이를 먹었다고 말했을 것 같은데, 그래서 전만큼은 못하고 있다오. 내가 만든 물건이 그걸 고맙게 여기는 사람 손에 들어가는 것은 언제나 큰 기쁨이라오.

도엘 부인은 거의 매일 보는데, 아가씨 얘기를 자주 한다오. 아가씨가 영국에 오면 그때 만날 수 있을지도 모르겠구려.

다시 한 번 감사하면서,

메리 볼턴 드림

1952년 2월 9일

잘 들어 맥신 —

방금 네 어머니하고 통화했어. 너희 공연이 다음달까지 가지
않을 것 같다면서? 그런데 네가 나일론 양말을 두 타스나 가져갔
다고 그러시더구나. 그러니 부탁 하나 하자. 마지막 공연 막이 내
려가자마자 서점으로 가서 그중 네 켤레를 프랭크 도엘에게 주
겠니? 주면서 세 딸과 노라(프랭크의 아내야) 몫이라고 말해주고?

네 어머니가 양말 값은 부칠 필요 **없다**고 하시더구나. 지난 여
름에 색스 백화점의 재고 판매 때 구한 건데, 아주 저렴했고, 그래
서 그 서점에 기부하시겠대. 요새 영국 편이 되는 기분이시라나.

서점 사람들이 나한테 크리스마스 선물로 뭘 보냈는지 아니?
아일랜드풍 리넨 식탁보야. 진한 상앗빛에 고풍스러운 나뭇잎과
꽃 무늬를 손으로 수놓은 건데, 꽃은 송이마다 다른 빛깔로 아주
연한 색에서 아주 깊은 색까지 명암이 표현돼 있고. 이런 건 너도
본 적이 없을 거야. 물론 내가 고물상에서 산 접이식 탁자는 **여지**
없이 이런 걸 한번도 본 적이 없지. 언제라도 물결치는 빅토리아
풍 소매를 살짝 걷어올리고 우아한 팔놀림으로 상상 속의 그레고
리풍 찻주전자로 차를 따르고픈 충동이 들 정도야. 우리, 네가 돌
아오자마자 이 식탁보로 스타니슬라브스키 연극을 하는 거야, 알

앉지?

엘러리가 대본당 250달러로 인상됐어. 6월까지 계속된다면 나도 영국행을 감행하여 나의 친애하는 서점을 직접 구경할 수 있을지도 모르겠구나. 나한테 그럴 배짱만 있다면 말이야. 5,000킬로미터라는 안전한 거리가 있기에 그 난폭하기 짝이 없는 편지들을 써보낸 건데, 어느 날 거기에 들어가더라도 십중팔구는 내가 누군지 말도 안 하고 그대로 나와버릴 것 같아.

나는 어째서 네가 그 잡화상 말을 이해하지 못하는지 모르겠구나. 그 사람은 '간 간 콩'이라고 한 것이 아니라 '간 땅-콩'이라고 한 거야. 사실 '간 땅콩'이 유일하게 사리에 맞는 이름이라고 봐야지.° 땅콩은 **땅**에서 자라지? 따라서 **땅**콩인 거고. 그걸 땅에서 따다가 갈면 간 땅콩이 되는데, 이게 땅콩 버터보다 훨씬 적확한 이름이 아니겠어? 다만 네가 영어를 잘 이해하지 못하는 거야.

XXX

어원학자 아가씨

h. 한프

추신. 네 어머니께서 용감하게도 그 50대 연세로 오늘 아침 8번로

°   땅콩을 영국에서는 groundnut이라 하고, 미국에서는 peanut이라고 한다. 아마도 이를 모르는 미국인들한테는 '간-땅콩(ground groundnut)'이 간-간-콩으로 들렸을 것이다.

에 네 아파트를 보러 나가셨더라. 네가 극장가를 봐달라고 그랬
다면서? 맥신, 8번로에 그 **무슨** 꿀단지가 있다 해도 네 어머니께
서 그걸 보러 갈 만큼 든든히 무장되지 않으셨다는 건 누구보다
네가 더 잘 알잖니?

1952년 2월 9일

나무늘보 씨 :

당신이 뭐든 읽을 것을 보내주기 전에 여기서 **썩어** 죽을지도
모르겠어요. 지금 당장 브렌타노 서점으로 달려가 제가 원하는
것이 무어라도 있는지 찾아볼랍니다.

저한테 보내주지 않고 있는 도서 목록에 월턴°의 생애를 추가
하셔도 돼요. 읽어보지 않은 책을 사는 것은 제 원칙에 위배되는
일이에요. 입어보지 않고 옷을 사는 것과 마찬가지죠. 하지만 여
기 도서관의 월턴의 생애는 대출이 안 된답니다.

구경은 할 수가 있죠. 42번지 분관에 있어요. 그러나 집으로 가
져갈 수는 없다는 거예요! 거기 여직원이 놀란 얼굴로 그러더라
구요. 밥도 여기서 먹어라, 그러고 나서 커피 한 잔 없이, 담배 한
대 없이, 아니 공기도 없이, 여기 315호실에 앉아서 이 책을 끝까
지 읽어라, 이거죠.

°   Izaak Walton(1593~1683), 영국의 전기 작가로 낚시의 기쁨과 기교를 노
래한 고전적 목가시 『낚시의 명수 : 명상적인 사람의 오락The Compleat
Angler, or the Contemplative Man's Recreation』을 썼다. 성직자를 비롯
한 학식 있는 사람들과 교제하여 그들의 전기를 많이 남겼는데, 각각 『생애
Lives』라는 제목으로 주교 존 던, 이튼학교장 헨리 워턴 경, 엘리자베스 시
대의 주교 리처드 후커, 시인이자 성직자인 조시 허버트의 전기를 썼다.

상관없어요. Q가 충분히 인용을 해줬기 때문에 제가 좋아할 책이라는 걸 알아요. 그 사람이 좋아한 것은 저도 다 좋더라고요. 소설만 빼고요. 저는 이 세상에 살지 않았던 사람들, 일어나지 않은 일에는 흥미가 생기지 않아요.

　하루 종일 뭐하세요? 혹, 서점 뒤켠에 앉아서 독서삼매경에 빠져 계시는지? 누군가한테 책 한 권 팔아보는 건 어때요?

당신의 한프 양.

(친구라면 저를 헬렌이라고 부른답니다)

추신. 따님들하고 노라에게, 별일이 생기지 않는다면, 사순절 선물로 나일론 양말을 받게 될 거라고 전해주세요.

마크스 & Co. 중고서적
채링크로스 가 84번지
런던 W. C. 2

헬렌 한프 양
뉴욕주 뉴욕시 28
95번가 이스트 14번지

1952년 2월 14일

친애하는 헬렌,

이제 당신 호칭에서 '양'을 빼버릴 때가 되었다는 말씀에 저도 동의합니다. 제가 당신이 생각하는 것만큼 그렇게 쌀쌀맞은 사람은 아니지만, 제가 보내는 모든 편지의 사본이 사무용 서류철로 묶이는 까닭에 공식적인 호칭이 적절하다고 생각했던 것입니다. 하지만 이 편지는 책과는 아무 상관이 없기에 사본도 없겠지요.

오늘 정오에 마술처럼 나타난 나일론 양말을 보고는 도대체 어찌된 일인지 영문을 몰라 한참을 어리둥절했습니다. 제가 아는 것은, 점심을 먹고 돌아와 보니 '헬렌 한프로부터'라는 쪽지와 함께 제 책상 위에 나일론 양말이 있더라는 것뿐입니다. 그것이 어떻게, 또 언제 온 것인지 아무도 알지 못하는 듯했습니다. 딸아이들은 아주 신이 났고, 직접 당신에게 편지를 쓸 작정인 것 같습니다.

유감스러운 소식이 있습니다. 한동안 몸져누워 있던 우리 친구 조지 마틴 씨가 지난주 병원에서 별세했습니다. 우리 서점에서 오랜 세월 함께 일해온 분이었습니다. 친구를 이렇게 잃은 데 더하여 국왕까지 급작스레 서거하니, 여기는 지금 온통 애도의 공기에 젖어 있습니다.

당신의 수많은 자상한 선물에 과연 보답할 길이 있을지 모르겠습니다. 제가 말씀드릴 수 있는 것은, 언젠가 영국 여행을 결심하신다면, 머물고 싶은 한 언제까지나 쓰실 수 있는 침대가 오크필드 코트 37호에 있다는 것뿐입니다.

모두의 기원을 담아
프랭크 도엘

1952년 3월 3일

오 저런, 월턴의 생애, 진심으로 축복을 기원합니다. 1840년에 출판된 책이 100년 넘게 이렇게 완벽한 상태일 수 있다는 것이 믿어지지 않아요. 마구리를 거칠게 재단한, 너무나 아름답고 감미로운 책이에요. 1841년에 이 책에다 이름을 남긴 윌리엄 T. 고던이 너무나 애처로워요. 얼마나 많은 싸구려 후손을 거쳐왔겠어요. 어쩌다가 당신한테 거저 팔리기까지 말이에요. 세상에, 그 책이 거쳐온 **그들의** 서재들을 맨발로 달려보고 싶네요.

매혹적인 이야기들이에요. 존 던이 가문 좋은 고용주의 딸과 눈이 맞아 달아났다가 그 죄로 런던 탑에 갇혀 **굶주리고 굶주리다** 종교를 받아들였다는 얘기, 아세요? 아이고머니나…….

자, 보세요, 5달러짜리 한 장 동봉합니다. 생애를 보니 당신을 만나기 전에 샀던 낚시의 명수가 아주 불만스러워져요. 이른바 미국의 낯두꺼운 '대중을 위한 고전판'에 들어가는 책인데, 아이작은 평생을 **그런** 꼬락서니로 돌아다닐 생각은 없다고 아주 질색을 하네요. 그러니 남은 2.5달러는 준수한 영국판 낚시의 명수 값으로 써주세요, 네?

조심하시는 게 좋을 거예요. 엘러리가 재계약되면 53년에는 그리로 건너갈 테니까요. 그땐 그 빅토리아풍 책사다리를 기어올라가 책장 꼭대기 칸의 먼지와 영국인들의 예법을 휘저어놓을 참이에요. 참, 제가 텔레비전 드라마 엘러리 퀸의 예술가연하는 살인극을 쓴다는 말씀을 드린 적이 있었나요? 제 대본엔 늘 예술적인 배경이 등장하죠. 발레, 음악당, 오페라 등등. 그리고 모든 혐의자와 시체가 교양이 넘친답니다. 당신에게 경의를 표하는 뜻에서 희귀 서적상에 관한 것을 하나 써볼까 하는데 어떠세요? 그러면, 당신은 살인자가 되고 싶으세요, 아니면 시체가 되고 싶으세요?

hh

1952년 3월 24일

친애하는 한프 양 :

먹을 것으로 가득한 멋진 소포가 오늘 도착했구려. 고마운 마음을 어떻게 표현해야 할지, 원……. 난 생전 소포라고는 보내본 적이 없어요. 정말이지, 왜 이런 일을 했을까……. 그저 아주 고맙다는 말밖에 달리 할말이 없구려. 아주 맛있게 먹으리다.

나를 이렇게 생각해주다니, 참말로 친절하시기도 하지. 전부 도엘 부인한테 보여주었는데, 아주 멋지답디다.

다시 한 번 아주 고마워하며, 축복을 보내요.

메리 볼턴 드림

마크스 & Co. 중고서적
채링크로스 가 84번지
런던 W. C. 2

헬렌 한프 양
뉴욕주 뉴욕시 28
95번가 이스트 14번지

1952년 4월 17일

친애하는 헬렌(이제 내가 더는 서류철에 신경 쓰지 않는다는 게 보입니까?),

막 한 개인의 서재를 통째로 사들였는데, 거기에 아주 깔끔한 월턴의 낚시의 명수가 있다는 기쁜 소식입니다. 다음주에는 발송할 수 있을 걸로 봅니다. 가격은 2.25달러 정도 되는데, 현재 신용장 잔액이면 충분합니다.

엘러리 퀸 이야기가 꽤 재미있을 듯한데, 여기 텔레비전에서도 볼 기회가 있으면 좋겠군요. 좀 명랑해질 필요가 있어요(우리 텔레비전 말이에요, 당신 대본이 아니라).

노라와 우리 직원들 모두 당신에게 행복을 빌어달랍니다.

프랭크 도엘 드림

1952년 5월 4일 일요일

친애하는 헬렌,

건달걀 소포 고마워요. 금요일에 받았어요. 그리고 아주 기뻤어요. 왜냐면 얼마 전에 달걀이 배급에서 제외된다고 들었거든요. 뭐, 아직 시행이 되지는 않았지만, 건달걀은 우리 식구의 주말 케이크며 이런저런 것을 위해 하늘이 내려주신 선물이 되었죠. 프랭크가 일부를 서점으로 가져가 세실리에게 주었고요. 그이가 세실리의 주소를 집에 가져오는 걸 자꾸 깜빡해서요. 세실리가 서점을 그만두고 동부에 있는 남편한테 가기로 한 일은 알고 있어요?

사진 몇 장 동봉할게요. 프랭크는 자기가 제대로 나온 게 한 장도 없다고 그러는군요. 실물이 훨씬 잘생겼다는 거예요. 우리 여자들은 계속 꿈이나 꾸라며 그냥 놔둬요.

실라가 방학을 해서 한 달간 집에 있어요. 그간 당일치기로 해변가를 어슬렁거리기도 하고 관광도 하고 그러면서 지냈는데, 이젠 허리띠를 좀 졸라매야 할 판이에요. 여긴 교통비가 이만저만하지가 않거든요. 차를 한 대 갖는 게 꿈이지만 어찌나 비싼지 준수한 중고차가 새 차보다 값이 더 나간다니까요. 새 차들은 수출하느라 국내 시장에는 남은 게 없어요. 친구들 중에는 새 차 한 대를 사는 데 5년에서 7년을 기다리는 사람들도 있답니다.

실라가 당신을 위해 '명랑한 기도'를 올리겠대요. 어쩌면 영국에 오는 소원이 이루어질지도 모르겠네요. 부활절 월요일을 위해 당신이 부쳐준 베이컨 통조림이 너무나 근사한 선물이었거든요. 그러니까 만약 '유쾌한 기도'를 들어주셔서 당신이 뜻밖의 횡재로 우리와 곧 만날 날이 올지 또 누가 알겠어요.

그럼, 오늘은 이만 줄일게요. 다시 한 번 고마워요.

노라

1952년 5월 11일

친애하는 프랭크 :

원래는 낚시의 명수가 도착한 날 편지를 할 생각이었어요. 그냥 고맙다는 인사 편지요. 목판화만으로도 이 책 값의 열 배 이상 가치는 되겠어요. 그렇게 아름다운 것을 브로드웨이 영화표 한 장 값에, 또는 충치 하나 뗌질하는 비용의 50분의 1 값에 평생 소유할 수 있다니, 세상 참 이상하지요?

뭐, 그 책들이 제 가치만큼 가격이 나간다면 나로서는 감당할 수가 없겠지만요!

마침내 제가 (소설을 싫어하는 이 제가) 제인 오스틴에 착수하여 오만과 편견에 마음을 빼앗기고 있다는 소식에 즐거워하실지도 모르겠네요. 제 책으로 하나 구해주실 때까지 도서관에 돌려주지 않으렵니다.

노라와 시종 분들께 안부를 전하며

HH

런던 N. 8
크로치 엔드 할스미어 가
오크필드 코트 37호

52년 8월 24일

친애하는 헬렌 :

마크스 서점에 보내준 멋진 소포에 다시 한 번 감사드려요. 그렇게 자상하게 우리 가족의 몫까지 챙겨주시고요. 뭔가 보답할 수 있으면 좋겠는데요.

그건 그렇고 헬렌, 이번 주에 우리가 자랑스러운 차 주인이 되었어요. 새 차는 아니지만, 있잖아요, 잘 굴러가고, 중요한 건 그거 아니겠어요? 이제 우리를 방문하겠다고 말해도 되지 않을까요?

볼턴 부인이 스코틀랜드에서 내려온 내 사촌동생 둘을 2주 동안 받아주셨어요. 아주 편안하게 지내고 있죠. 볼턴 부인은 잠을 재워주고 나는 밥을 먹여주죠. 자 그러니, 만일에 내년 대관식 때 영국행 교통비만 마련할 수 있다면 볼턴 부인이 당신이 지낼 침대 한 칸을 마련해주실 거예요.

그럼, 오늘은 여기서 작별 인사를 하기로 하지요. 행복을 기원하며, 고기와 달걀에 다시 한 번 감사드려요.

노라 드림

마크스 & Co. 중고서적
채링크로스 가 84번지
런던 W. C. 2

헬렌 한프 양
뉴욕주 뉴욕시 28
95번가 이스트 14번지

1952년 8월 26일

친애하는 헬렌,

며칠 전에 도착한 당신의 아주 신나는 소포 세 꾸러미에 우리 직원을 대표해서 다시 한 번 감사 인사를 드립니다. 그렇게 힘들여 번 돈을 이렇게 우리한테 쓰다니, 정말로 너무 친절한 분입니다. 당신이 우리에게 베푸는 친절에 모두가 깊이 감사하고 있습니다.

약 서른 권짜리 로엡고전총서°가 며칠 전에 들어왔는데, 저런, 호라티우스와 사포, 카툴루스는 없습니다.

° 『Loeb Classical Library』하버드대학교출판부에서 발행한 고전 총서로, 1900년대 초기부터 발행하기 시작하여 현재 400여 권이 나와 있으며 계속 발행되고 있다.

9월 1일부터 2주 휴가에 들어가지만 차를 사느라 우리 식구는 완전히 '빈털터리'가 되어버려 알뜰하게 살지 않으면 안 될 처지입니다. 노라한테 바닷가에 사는 언니가 있는데, 그 처형이 우리를 불쌍히 여겨 초대해주기만 바라고 있습니다. 난생처음 갖는 차라서 모두들 아주 신이 나 있습니다. 오래된 1939년형이기는 해도 말입니다. 목적지까지 가는 동안 너무 자주 서지만 않는다면 더 바랄 것이 없을 텐데요.

행복을 빌며

프랭크 도엘

_1952년 9월 18일_

프랭키, 당신이 휴가를 간 동안 누가 왔게요? **샘 페피스**예요!
어떤 분이신지 제게 우편을 보내주신 분께 감사드려주세요. 일주
일 전이었어요. 네 쪽짜리 타블로이드판 신문지 안에서 믿음직한
짙은 쪽빛의 책 세 권이 튀어 나오지 않았겠어요? 점심을 먹으면
서 그 타블로이드 신문을 읽었고 저녁을 먹은 뒤에 샘을 시작했
어요.

샘이 여기 있는 것이 넘치도록 **기쁘**다고 전해달래요. 전 주인
은 책장도 갈라주지 않은 웬 게으름뱅이였더군요. 나는 과감하
게 턱턱 잘라내고 있어요. 이렇게 얇은 인디언지는 생전 처음 봤
어요. 여기서는 이 종이를 '양파 껍질'이라고 부르는데 아주 잘 어
울리는 이름이지요. 하지만 더 두꺼운 종이였더라면 예닐곱 권은
됐을 테니 저로서는 저 인도에 감사할밖에요. 책꽂이라고는 세
칸밖에 안 되는데, 이젠 처분할 책도 몇 권 안 남았거든요.

저는 봄마다 책을 정리해서 다시 읽지 않을 책들은 못 입는 옷을 버리듯이 내버려요. 모두들 큰 충격을 받지요. 제 친구들은 책이라면 별나게 구는 사람들이거든요. 이 친구들은 베스트셀러는 뭐든 다 가져다가 최대한 빠른 속도로 끝내버려요. 건너뛰는 데가 많을 거다, 하는 게 제 생각이죠. 그러고는 뭐든 두 번 다시 읽지 **않으니** 1년쯤 지나면 한마디도 기억하지 못하지요. 그러는 사람들이 정작 제가 책 한 권 쓰레기통에 던지거나 누구한테 주는 걸 보면 펄펄 뛰는 거예요. 그 친구들 주장은 이래요. 책을 사면 읽고서 책꽂이에 꽂아둬. 평생 다시 펼쳐보는 일이 없을지언정 **내버리면 안 돼! 양장 제본한 책이라면 더욱더!** 왜 안 된다는 거죠? 저 개인적으로는 나쁜 책보다 신성을 모독하는 것은 없다, 이런 생각이에요. 아니, 그냥 범용한 수준의 책이라도 마찬가지죠.

노라와 훌륭한 휴가를 보냈으리라고 믿어요. 제 휴가는 센트럴 파크에서 지나갔답니다. 우리 귀여운 치과 의사 선생 조이한테서 한 달 휴가를 얻었죠. 그 양반, 신혼 여행을 떠났는데, 제가 신혼 여행 자금 조달책인 셈이에요. 조이 선생이 지난 봄에 이를 몽땅 씌워주지 않으면 죄다 뽑아야 한다고 그랬다는 얘기, 제가 했나요? 어차피 이를 달고 사는 데 익숙해진 터이니 씌워주는 쪽으로 하자, 결심했드랬지요. 하지만 그 비용이 한마디로 천문학적이에요. 그러니 엘리자베스 여왕은 저 없이 왕좌에 오르셔야겠어요. 앞으로 2년 동안은 제 이에 관을 씌우는 대관식으로 대신할밖에요.

그래도 책 구입은 중단할 생각이 **없으니까 무언가** 해주셔야 해요. 쇼의 연극 비평이 있는지 좀 찾아봐주시겠어요? 그리고 음악 비평도요? 여러 권 있는 걸로 알지만 뭐든 찾는 대로 보내주세요. 자, 프랭키, 잘 들어요. 곧 춥고 지루한 겨울이 되는데 저녁 때 애보기를 하게 됐어요. **그러니 읽을 것이 필요해요. 앉아 빈둥거리지만 말고 책 좀 찾아달라고요.**

hh

뉴욕시
95번가 이스트 14번지

1952년 12월 12일

'채링크로스 가 84번지, 그녀의 벗들'에게 :

애서가의 명시선이 포장지를 빠져 나왔습니다. 금박찍기 가죽 장정에 금테 두른 책 마구리, 단박에 제 장서 가운데 가장 아름다운 책으로 꼽혔습니다. 물론 뉴먼 초판을 포함해서요. 워낙 새것처럼 원래 상태 그대로라서 누구 다른 사람이 읽은 적이 없을 줄 알았는데 아니에요. 가장 애교 넘치는 부분에서 자꾸만 펼쳐지는 것이 마치 전 주인의 유령이 내가 읽어본 적 없는 것을 짚어주는 듯하답니다. 가령 트리스트럼 샌디가 자기 부친의 남다른 서재를 묘사한 부분이 있는데요, 그 서재에는 "큰 코를 주제로 해서 쓰인 모든 책과 논문이 있다"는 거예요(프랭크! <u>트리스트럼 샌디</u>°를 찾아줘요!).

° 『The Life and Opinions of Tristram Shandy, Gentleman』 로렌스 스턴(1713~1768)의 희극 소설. 기괴한 기법과 내용 때문에 제임스 조이스나 버지니아 울프 등 의식의 흐름 기법의 원류가 된 작품이다. 1759년에서 1767년까지 9권이 발표되었으나, 스턴의 죽음으로 미완성으로 끝났다.

이건 크리스마스 선물 교환으로는 불공평하다고 봐요. 제가 보낸 것은 일주일이면 싹 먹어치우고 설날이면 흔적도 남아 있지 않을 텐데, 제가 받은 것은 죽는 날까지 간직했다가 누군가 그것을 아껴줄 이에게 남길 수 있다는 생각에 행복한 마음으로 죽을 수 있는, 그런 선물이잖아요. 저는 앞으로 태어날 애서가들을 위하여 최고의 구절들마다 연필로 살그머니 표시를 남겨둘 생각이에요.

모두에게 감사드려요. 새해 복 많이 받으세요.

헬렌

런던 N. 8
크로치 엔드, 할스미어 가
오크필드 코트 37호

52년 12월 17일

친애하는 헬렌 :

편지 한 줄 쓰는 데 이렇게 오래 걸리다니, 너무 미안해요. 애들라이 일은 너무 가슴 아프게 받아들이지 않으셨으면 좋겠어요. 다음 번에는 좀 잘 풀리겠죠.

볼턴 부인이 다음해 여름에 당신을 기꺼이 받아주시겠대요. 그때까지 살아 계신다면 그러겠다고 말씀하시는데, 연세가 그 정도 되시는 분 일은, 글쎄요, 장담할 수는 없겠지요. 하지만 볼턴 부인이라면 백 살까지 사실 거라고 믿어요. 어쨌거나 당신이 묵을 곳은 언제든 마련할 수 있어요.

크리스마스 선물로 좋은 것을 보내주셔서 고마워요. 헬렌, 당신은 참 친절한 사람이에요! 내년에 당신이 왔을 때 마크스 서점 사람들이 잔치를 열어주지 않는다면, 흠, 총을 맞아도 싸죠.

크리스마스 즐겁게 보내세요. 우리 모두의 기원과 감사를 보내며 오늘은 이만 총총할게요.

신의 축복이 있기를!

노라

프랭키, 당신은 제가 말하기 전까지는 **죽을** 권리도 없다는 사실, 명심하세요 —

먼저. 3달러 동봉합니다. 오·편이 도착했어요. 제인에게 딱 어울리는 모습이군요. 부드러운 가죽 장정에 날씬하고 흠 없는 것이요.

다음. 엘러리 방송이 끝났고, 쌓여가는 치과 청구서를 해결하느라 이리 뛰고 저리 뛰다가 한 텔레비전 프로그램의 밑그림을 작성하라는 요청을 받고 새하얗게 질려 있어요. 유명 인사의 일화들을 극화하는 프로그램이래요. 그래서 집으로 부랴부랴 돌아와 한 유명 인사의 일화 한 편의 밑그림을 잡아 보냈는데, 방송국에서 받아들여서 대본까지 썼더니 마음에 들어하면서 가을에는 일거리를 더 주겠다고 그랬어요.

제가 뭘 썼는지 아세요? 월턴의 생애에서 **고용주의 딸과 눈이 맞아 달아난 존 던**의 이야기를 드라마로 만들었지요. 텔레비전을 보는 사람들은 존 던이 누군지 알 리가 없지만, 헤밍웨이 덕분에 "어느 누구도 그 자체로서 온전한 하나의 섬은 아닐지니" 는 삼척동자도 줄줄 꿸 정도죠. 이 구절 하나 집어넣으니까 곧장 팔리더라고요.

이것이 존 던이 '명예의 전당'에 진입한 연고이자 당신이 저한 테 보내준 모든 책과 썩은 이 다섯 개의 비용을 해결하게 된 사연입니다.

저는 대관식 날 꼭두새벽에 잠자리에서 기어 나와 라디오로 나마 의식에 참석할 계획이에요. 여러분 모두를 생각할게요.

그럼 안녕

hh

　헤밍웨이의 작품 『누구를 위하여 좋은 울리나』는 17세기 영국 시인 존 던의 설교문을 모태로 태어났다. 인용문은 이 설교문의 한 구절이다. "어느 누구도 그 자체로서 온전한 하나의 섬은 아닐지니, 무릇 인간이란 대륙의 한 조각이요, 또한 대양의 한 부분이어라. 한 줌 흙이 바닷물에 씻겨 내려가면, 유럽 땅은 또 그만큼 작아질지며, 작은 곶 하나가 그리 되어도, 그대 벗들이나 그대 자신의 영지가 그리 되어도 마찬가지어라. 그 누구의 죽음이라 할지라도 나를 축소시키나니, 나란 인류 속에 포함된 존재이기 때문이다. 누구를 위하여 좋은 울리나 ─ 이를 알고저 사람을 보내지는 말지어다. 좋은 바로 그대를 위하여 울리기에……"

마크스 & Co. 중고서적
채링크로스 가 84번지
런던 W. C. 2

헬렌 한프 양
뉴욕주 뉴욕시 28
95번가 이스트 14번지

1953년 6월 11일

친애하는 헬렌,

6월 1일에 소포가 무사히 도착했음을 알려드립니다. 우리의 대관식에 딱 맞춰 왔더군요. 그날 많은 친구가 우리 집에 모여 텔레비전을 봤기 때문에 친구들에게 더없이 반가운 주전부리였습니다. 아주 맛있었고, 우리 모두 여왕뿐만 아니라 당신의 건강을 기원하며 축배를 들었답니다.

힘들여 번 돈을 이렇게 우리한테 쓰다니, 정말 친절한 마음씨를 지닌 분이십니다. 나머지 동료들이 저한테 대신 감사 인사를 전해달랍니다.

건강하고 행복하시길 빌며
프랭크 도엘 드림

미들섹스
피너
이스트코트
볼드미어 가

1953년 9월 23일

친애하는 헬렌,

크리스마스 때 서점으로 절대 아무것도 보내지 마시라는 얘기만 급히 전합니다. 이제 배급이 해제되어 고급 상점에 가면 나일론 양말도 얼마든지 구할 수 있게 되었어요. 그러니 돈을 아껴두세요. 치과 다음으로 중요한 일은 영국으로 오시는 거잖아요. 다만 54년에는 오지 마세요. 제가 영국을 떠나게 되었거든요. 우리가 돌아오는 55년에 오세요. 그때 우리와 함께 지내요.

더그가 조만간 우리 '순서'가 올 거라는 편지를 보내왔어요. 기혼자 숙소에서 우리가 다음 차례라고요. 아이들하고 전 크리스마스가 되기 전에 더그와 합치기를 기대하고 있어요. 그이는 페르시아 만 한가운데 있는 바레인 섬에서 (지도가 있으면 한 번 보세요) 건강하고 즐겁게 지내고 있어요. 하지만 우리 숙소가 나면 이라크의 하바니아에 있는 영국 공군 기지로 돌아갈 거고, 그때 우리도 그리로 옮길 거예요. 모두 잘 되겠죠.

답장 빨리 주세요. 제가 '뿅' 하고 사라지더라도 어머니께서 당신 편지는 챙겨주시기로 했답니다.

사랑과 축원을 담아 ―

세실리

1955년 9월 2일

거기 그러고 앉아서 몇 년 동안 남산만한 도서 목록을 발행해 놓고 이제 와서 달랑 한 권 보내주는 게 말이 된다고 생각하세요? **돌쇠 씨?**

만나는 사람마다 하나같이 돌쇠라고 부르는 복고파 극작가가 하나 있었는데, 저도 언젠가 한번 써보고 싶었던 말이에요.

공교롭게도 제가 흥미를 느낄**지도 모르는** 것은 카툴루스뿐이에요. 로엡고전총서는 아니지만 그럴듯해 보여요. 아직도 그 책을 가지고 계신다면 보내주세요. —/6s/2d는 환산을 하는 대로 보내드릴게요. 케이와 브라이언이 교외로 이사가는 바람에 이제 환산해줄 사람이 없거든요. 노라와 따님들을 다음달 일요일마다 교회에 보내 길리엄, 리즈, 스나이더, 캠퍼넬라, 로빈슨, 호지스, 퍼릴로, 포드레스, 뉴컴, 러빈, 이 신사들의 건강과 체력 보전을 위해 기도하게 해주신다면, 제가 그 은혜는 톡톡이 갚겠습니다. 바로 브루클린 다저스의 선수들이지요. 다저스가 이번 월드시리즈에서 승리하지 못한다면 내가 들어갈 생각인데, 당신은 어디를 맡을래요?

혹시 토크빌의 아메리카 여행°이 있을까요? 누가 빌려가서 돌려주지를 않네요. 다른 것을 훔치는 것은 꿈도 꾸지 않는 사람들이 어째서 책 도둑질은 아무렇지도 않게 생각하는 거죠?

메건에게 안부 전해주세요. 아직도 거기서 일한다면요. 그리고, 세실리는 어떻게 된 거예요? 이라크에서 돌아왔나요?

h. h.

° Alexis de Tocqueville(1805~1859), 19세기 초 미국 정치 · 사회 제도에 대한 예리한 분석서인 『미국의 민주주의De la democratie』의 저자로 잘 알려진 프랑스의 정치학자 겸 역사학자. 아메리카 여행이란 바로 이 책을 뜻한다. 토크빌은 1831~1832년 미국을 방문한 뒤 이 책을 썼다.

마크스 & Co. 중고서적
채링크로스 가 84번지
런던 W. C. 2

헬렌 한프 양
뉴욕주 뉴욕시 28
95번가 이스트 14번지

1955년 12월 13일

친애하는 헬렌,

이제야 편지를 하는 것에 심히 죄책감이 드는군요. 하지만 독감 탓으로 돌려주시길. 2주 동안이나 서점에 나오지 못하다가 돌아오니 일이 산더미처럼 밀려 있었습니다.

우리 도서 목록의 카툴루스는, 당신 편지를 받기 전에 이미 팔려버렸지만, 라틴어본이 수록되어 있고 운문은 리처드 버턴 경 번역에 산문은 레너드 스미더스 번역, 대활자판으로 인쇄된 것으로 한 부 보냈습니다. 전부 해서 3.78달러입니다. 제본은 그다지 훌륭하지 않지만 상태가 꽤 좋은 깨끗한 책입니다. 지금은 없지만 토크빌 책도 찾아드리도록 애쓰겠습니다.

메건은 아직 여기 있지만 남아프리카로 가서 살 궁리를 하고 있답니다. 우리가 그러지 말라고 설득 중이죠. 세실리 파한테는 중동에 있는 남편에게 간 뒤로 아무 소식도 듣지 못했습니다. 하지만 1년이면 돌아올 겁니다.

기꺼이 브루클린 다저스를 응원하지요. 그 보답으로 **스퍼스**(문외한한테는 토트넘 홋스퍼 풋볼 클럽이죠)에 응원을 보태준다면 말입니다. 현재 리그에서 꼴찌 다음가는 팀입니다. 하지만 시즌은 다음 4월까지니까 이 궁지에서 빠져 나올 시간은 충분하다고 봐야겠죠.

노라와 동료들이 크리스마스와 새해 인사 전해달랍니다.

프랭크 도엘 드림

뉴욕시
95번가 이스트 14번지

1956년 1월 4일

지금 이불 속에서 이 편지를 쓰고 있어요. 카툴루스°가 나를 이리로 몰았죠.

그러니까, 이건 이해를 **넘어섰다**는 말이에요.

여태까지 내가 아는 리처드 버턴은 영국 영화 몇 편에서 보았던 젊고 잘생긴 배우였는데, 차라리 그렇게 알고 있는 편이 나았겠다 싶어요. 이 버턴은 카툴루스를 빅토리아 풍의 열정적인 시인으로 재현해 기사 작위까지 받았다죠.

그리고 가엾은 스미더스 씨. 그 양반은 어머니가 그 책을 읽을까 봐 노심초사했던 게 분명해요. 관능적인 카툴루스를 밋밋하게 쳐내느라고 아주 **끙끙** 앓았더라고요.

° Gaius Valerius Catullus(BC 84경~BC 54경), 로마의 시인. 사랑과 증오를 읊은 카툴루스의 시는 고대 로마에서 가장 뛰어난 서정시로 평가받는다.

이제 그만하지요. 그러니까 라틴어판 카툴루스나 한 권 구해주세요. 이 참에 캐슬 라틴어 사전을 샀어요. 힘들더라도 한 구절 한 구절 저 혼자서 읽어보려고요.

메건 웰스한테 도대체 제정신이냐고 물어봐 주시겠어요? 문명 세계가 그렇게 싫증이 났다면 시베리아 소금 광산으로나 가지 그러느냐고요.

물론, 물론, 기꺼이 핫스퍼와 관계된 것이라면 무엇이든 응원하고말고요.

내년 여름을 위해 은행에 저금을 하고 있어요. 텔레비전이 그때까지 부양을 해준다면 이번에는 반드시 건너갈게요. 서점도 보고 싶고 세인트 폴 성당과 런던 탑, 코번트 가든과 올드 빅, 그리고 볼턴 부인도 보고 싶어요.

10달러 지폐 한 장 동봉합니다. 이 물건, 이 카툴루스 값이에요. 얇은 흰색 겉표지에 비단 보람줄이라…… 그런데 프랭키, 이런 물건은 대체 어디에서 **찾아**오는 거예요?

hh

마크스 & Co. 중고서적
채링크로스 가 84번지
런던 W. C. 2

헬렌 한프 양
뉴욕주 뉴욕시 28
95번가 이스트 14번지

1956년 3월 16일

친애하는 헬렌,

편지가 너무 늦어서 미안합니다. 하지만 오늘까지 보내드릴 것
이 하나도 없는 데다 카툴루스 일도 있고 해서 어느 정도 사이를
두었다가 쓰는 것이 낫겠다고 생각했습니다.

마침내 로브가 삽화를 그린 아주 훌륭한 <u>트리스트럼 섄디</u>를 구
했습니다. 가격은 대략 2.75달러이고요. 또 플라톤이 쓴 <u>소크라테
스의 대화 네 편</u>°도 한 부 구했습니다. 벤저민 조위트 번역<u>으로</u>
1903년 옥스퍼드에서 나온 책입니다. 1달러면 괜찮을까요? 신용
장 잔액이 1.22달러 남아 있으니까 두 권 가격으로 2.53달러를 보
내주시면 됩니다.

° 『Four Socratic Dialogues』, Euthyphro, Apology, Cato, Phaedon 수록,
Clarendon Press.

이번 여름에 드디어 영국으로 오시는 건지 소식을 기다리고 있습니다. 두 딸 모두 기숙사에 들어가서 집에 없는 터라 오크필드 코트 37호에 오셔서 아무 침대나 고르시면 됩니다. 유감스럽게도 볼턴 부인이 가족이 있는 곳으로 옮기셨다는 소식을 전해야겠군요. 저희 가족한테는 서운한 일이지만 적어도 거기서는 보살핌을 잘 받으시겠지요.

프랭크 도엘 드림

뉴욕시
95번가 이스트 14번지

1956년 6월 1일

친애하는 프랭크 :

브라이언이 케네스 그레이엄°의 버드나무에 부는 바람을 소개
해줬어요. 이 책을 꼭 가져야겠어요. 세퍼드가 삽화를 그린 것으
로요. 하지만 **부치지 마시고 9월까지 챙겨놨다가** 새 주소로 부쳐
주세요.

이 아늑한 붉은 벽돌집에 청천벽력이 떨어졌어요. 지난달에
철거 공지를 받았거든요. 건물을 개축한대요. 이제 진짜 아파트
에 진짜 가구를 들이고 살 때가 되었다는 판단이 들더군요. 그래
서 정신을 차린 뒤 새 건물들이 올라가고 있는 2번로의 건축 공사
장을 돌아다니다가 거기 있지도 않은 2½(침실 겸 거실) 아파트의
임대 계약을 맺었어요. 지금은 여기저기 돌아다니면서 가구니 책
장이니 마루 전체를 덮을 양탄자 따위를 구입하고 있답니다. 전

°   Kenneth Grahame(1859~1932), 영국 작가. 그가 쓴 『버드나무에 부는 바
람 The Wind in the Willows』은 아동 문학의 고전으로 꼽힌다. 등장 인물
인 두더지 · 쥐 · 오소리 · 두꺼비가 매력적인 인간의 특징과 진짜 동물의
습성을 함께 갖추고 나오는데, 어린이뿐 아니라 어른들도 즐겨 읽고 크리
스마스 연극으로도 자주 공연된다.

부 다 영국으로 갈 돈으로 말이죠. 하지만 지금까지 낡아빠진 방에다 바퀴벌레 나오는 부엌에서 한 번도 벗어나보지 못한 처지라 이제는 정말 한번 귀부인처럼 살아보고 싶어요. 비록 다 갚을 때까지 영국행을 미뤄야 한다 해도 말이에요.

한편, 집주인은 우리가 빨리빨리 이사를 나가주지 않는다고 생각했는지 관리인을 해고해 압력을 넣고 있어요. 그래서 지금은 온수도 끊기고 쓰레기도 치워 가지 않고 또 우편함도 함부로 갖다 비우고 복도 조명을 떼어내고 (이번 주에는) 제 아파트의 부엌과 욕실 사이 벽을 허물었답니다. 이것만으로는 모자라는지, 다저스도 눈앞에서 무너져버렸죠. 제가 목도하는 이 형국을 사람들이 알 턱이 없겠죠?

참, 새 주소예요.

9월 1일부터 :

뉴욕주 뉴욕시 21 72번가 이스트 305번지

마크스 & Co. 중고서적
채링크로스 가 84번지
런던 W. C. 2

헬렌 한프 양
미국
뉴욕주 뉴욕시 21
72번가 이스트 305번지

1957년 5월 3일

친애하는 헬렌,

마음의 준비, 단단히 하세요. 지난 편지에서 요청한 세 권이 **일제히 당신한테 가고 있습니다**. 1주일 정도면 도착할 겁니다. 어떻게 한 건지는 묻지 말아요. 그저 마크스 서점의 서비스라고만 생각해줘요. 부족한 5달러 청구서를 여기에 동봉합니다.

며칠 전에 당신 친구 두 사람이 들렀더군요. 지금은 이름을 잊어버렸는데, 아주 매력 넘치는 젊은 부부였어요. 애석하게도 시간이 없어서 담배 한 대 피우고는 바로 떠났습니다. 다음날 아침 다시 여행을 떠나기로 했다면서요.

올해는 어느 해보다 미국 방문객이 많은 것 같습니다. 그중에는 가슴에 고향과 이름을 적은 커다란 명찰을 가슴에 붙이고 뚜벅뚜벅 걸어 들어온 수백 명의 변호사 무리도 있고요. 다들 여행이 즐거운 표정이던데, 그러니 당신도 내년에는 꼭 와야 해요.

우리 모두의 축원을 담아

프랭크

[스트랫퍼드어펀에이번에서 온 우편 엽서, 1957년 5월 6일]

미리 경고를 해줬더라면 좋았잖아! 그 서점으로 들어가 네 친구라고 말하니까 한마디로 우르르 몰려들더라. 네 친구 프랭크는 우리를 주말에 집으로 초대하고 싶어했고, 마크스 씨는 서점 뒤에서 나와 한프 양의 친구 분들이시냐면서 악수를 청했고, 서점 사람들 전부가 우리하고 식사와 술을 하고 싶어하는 통에 간신히 살아 나왔다니까.

너의 다정한 윌리엄이 태어난 집을 너도 보고 싶어할 거라는 생각을 했어.°

다음은 파리고, 그 다음은 코펜하겐 그리고 귀국은 23일이야.

사랑을 담아,
지니와 에드

°   스트랫퍼드어펀에이번은 영국 중부의 소읍으로 윌리엄 셰익스피어가 세례를 받은 곳으로 알려져 있다.

1958년 1월 10일

이봐요, 프랭키 —

노라에게 주소록 갱신하라고 말해주세요. 크리스마스 카드를 방금 받았어요. 노라가 95번가 이스트 14번지로 보냈더라고요.

제가 그 트리스트럼 섄디를 얼마나 끔찍이 좋아하는지 말씀드렸는지 모르겠네요. 로브가 그린 삽화는 황홀할 정도예요. 토비 삼촌이 보셨더라면 아주 좋아하셨을 거예요. 다음. 이 돈에는 일리아 수필집°을 포함하여 다른 맥도널드 삽화 고전 총서 목록이 들어가요. 이걸 맥도널드 판으로 갖고 싶어요. 아니면 다른 좋은 판도 괜찮고요. 물론, 적당한 가격일 경우에요. 이제 더는 싼 것이 없어요. '적당한' 가격이죠. 아니면 '분별 있는 가격'이고요. 길 건너편에 건물이 신축 중인데, 간판에 이렇게 써 있더군요.

"1실 아파트, 2실 아파트
적당한 임대료"

° 『Essays of Elia』 영국의 비평가이자 산문가 찰스 램(1775~1834)이 1820년에 창간된 《런던 매거진》에 일리아라는 필명으로 발표한 수필을 모아 낸 첫번째 책. 거의 자전적인 내용을 담았다.

임대료에 적당한 가격 같은 건 없어요. 그리고 가만히 적당한 가격으로 있어주지도 않고요 — 광고에 뭐라고 떠들건 간에 말이죠. 하긴 이제는 광고라고도 할 수 없죠. 그냥 장삿속이죠.

저는 코앞에서 영어가 겁탈당하는 것을 목격해야 하는 시대를 살고 있어요. 미니버 치비가 그랬듯이, 저는 너무 늦게 태어난 거예요.°°

그리고 미니버 치비가 그랬듯이, 쿨럭쿨럭 기침을 하면서 운명이려니 여기며 술이나 마셔야겠지요.

hh

추신 : 플라톤의 다른 대화편들은 어떻게 된 거죠?

°°   미국 시인 로빈슨(Edwin Arlington Robinson, 1869~1935)이 쓴 시 「미니버 치비miniver cheevy」의 마지막 연에 나오는 구절이다. " … 미니버 치비, 너무 늦게 태어난 이, / 그는 머리를 긁적이면서 또 생각에 잠겼다 / 미니버는 쿨럭쿨럭 기침을 했고, 운명이려니 여기며 / 또 술을 마셨다."

마크스 & Co. 중고서적
채링크로스 가 84번지
런던 W. C. 2

헬렌 한프 양
미국
뉴욕주 뉴욕시 21
72번가 이스트 305번지

1958년 3월 11일

친애하는 헬렌,

지난번 편지 답장이 이렇게 늦어진 데 사과드립니다. 하지만 우리도 몹시 바빴답니다. 노라가 지난 몇 달 동안 입원을 하는 바람에 집안일로 정신이 없었지요. 노라는 이제 거의 회복이 되어 일주일 정도면 퇴원을 할 겁니다. 힘든 시기였지만 보건국 덕분에 땡전 한 푼 들어가지 않았답니다.

맥도널드 고전 총서라면, 가끔 몇 권씩 들어오는데 지금은 한 권도 없습니다. 전에는 램의 <u>일리아 수필집</u>이 몇 권 있었드랬지만 휴가철에 몰려온 관광객들이 싹 쓸어갔습니다. 다음주에 구매 출장을 나가니까 찾아보겠습니다. 플라톤도 잊지 않고 있습니다.

우리 모두 당신이 휴가를 잘 보내셨기를 바랍니다. 딸아이들이 크리스마스 카드를 옛 주소로 보내서 죄송하다고 전해달랍니다.

프랭크 드림

런던 N. 8
크로치 엔드 할스미어 가
오크필드 37호

1958년 5월 7일

친애하는 헬렌,

편지 두 통 감사드려요. 말씀은 고맙지만, 헬렌, 정말로 필요한 게 없어요. 저한테도 서점이 있어서 당신의 친절한 마음씨에 책 몇 권으로 보답할 수 있다면 얼마나 좋을까요.

단란한 우리 가족의 최근 사진을 몇 장 동봉합니다. 더 잘 나온 사진이라면 좋을 텐데, 제일 잘 나온 것들은 친척들한테 줘버려서요. 실라와 메리가 얼마나 닮았는지 아시겠지요? 한눈에 보이죠. 프랭크는 메리가 아직도 자라는 중이긴 하지만 그 나이 때 실라를 빼다 박았다고 그래요. 실라의 어머니는 웨일스 출신이고, 나는 에메랄드 섬(아일랜드의 별명) 출신인지라 두 아이 모두 프랭크를 닮은 것이 틀림없지만, 두 아이가 프랭크보다 잘생겼지요. 물론 그이는 그렇다는 걸 인정하지 않지만요.

내가 편지 쓰는 것을 얼마나 싫어하는지 아신다면 내가 불쌍해질 거예요. 프랭크는 말이 너무 많은 사람은 종이 위의 재주가 볼품없다네요.

편지 다시 한 번 고맙고, 행복하세요.

신의 축복을!

노라

마크스 & Co. 중고서적
채링크로스 가 84번지
런던 W. C. 2

헬렌 한프 양
미국
뉴욕주 뉴욕시 21
72번가 이스트 305번지

1959년 3월 18일

친애하는 헬렌,

이 비보를 어떻게 전해야 할지 모르겠군요. 친구 분이 찾는 옥스퍼드 소사전이 있다고 알려드린 이틀 뒤에, 아뿔사 한 남자가 들어와 내가 딴 일을 보는 사이에 그걸 사 가지고 갔답니다. 다른 권이 들어오기를 기다리면서 답장을 미루고 있었지만, 아직까지는 운이 따라주지 않는군요. 친구 분을 실망시키게 되어 매우 죄송합니다. 모두가 제 탓입니다. 마땅히 따로 보관을 해두었어야 했는데.

오늘 서적 우편으로 존슨°의 셰익스피어론을 보냅니다. 재고

°   Samuel Johnson(1709~1784) 영국의 비평가 · 저술가로 평생 셰익스피어를 추종했으며, 1765년에 셰익스피어 전집을 펴냈다. 19세기 낭만주의 비평가들은 그의 셰익스피어론을 과소 평가했지만 월터 롤리(Sir Walter Raleigh, 1861~1922, 스코틀랜드의 문인 · 비평가로 당대 옥스퍼드대학에서 유명한 인물이었다)는 존슨이 20세기에 더 많은 존경을 받을 것이라 예견했다.

에서 우연히 월터 롤리의 서문이 붙은 옥스퍼드대학출판부 판을 찾았습니다. 1.05달러밖에 되지 않고 신용장 잔액도 충분합니다.

당신의 텔레비전 프로가 할리우드로 옮기는 바람에, 올 여름에도 그 많은 미국인 관광객들 속에서 우리가 제일 보고 싶어하는 한 사람을 볼 수 없다니, 안타깝군요. 하지만 저희는 뉴욕을 떠나 캘리포니아 남부로 가지 않겠다는 당신의 결정을 이해할 수 있습니다. 저희 모두 당신에게 행운과, 뭐든 일거리가 생기기만 빌겠습니다.

프랭크 드림

헬렌 한프, 뉴욕 주 뉴욕시 21 72번가 이스트 305번지

1959년 8월 19일

존하 :

일을 얻었다는 말씀을 드리려고 편지를 씁니다.

제가 따냈어요. CBS의 5,000달러 보조금을 받게 되었는데, 미국사 드라마를 쓰면서 1년 동안 먹고 살 수 있게 된 거예요. 첫 작업은 영국 점령 하에 7년 동안 있었던 뉴욕에 대한 대본이에요. 그때 역사를 초월하여 친구다운 아량으로 하는 말인데, 1776년에서 1783년 사이에 당신네들의 소행은 한마디로 **추악**했다고요.

현대 영어로 된 캔터베리 이야기 같은 것이 있을까요? 저는 초서°를 읽지 않았다는 데 죄의식을 느끼는 사람인데, 초기 앵글로색슨/중세 영어로 박사학위를 받은 친구랑 이야기를 하다가 그때 영어를 배우겠다는 생각은 아예 포기했지요. 친구는 자유 주제로 초기 앵글로색슨어에 관한 논문을 써야 한대요. 비통해서 하는 소리가 "다 좋다 이거야, 하지만 초기 앵글로색슨어에 관한 논문 주제로 찾을 수 있는 건 '미드 홀에서 1,000명을 학살하는 방법' 뿐이라고!"하더군요.

°   Geoffrey Chaucer(1342/43경~1400), 영국의 대표적 시인으로 셰익스피어 이전의 탁월한 작가이다. 초서의 작품들은 유머러스하면서도 중요한 철학적 질문들을 진지하고 꾸준하게 성찰한 것으로 유명하다.

그 친구는 베오울프°°와 그의 적자 시드위드, 아니 위드시드였
나, 아무튼 그 아들 이야기도 잔뜩 해줬어요. 읽을 가치가 없다고
그래서 그 제목도 잊어버리고 말았지요. 그러니까 현대판 초서나
한 권 보내주세요.

노라에게 사랑을 전해주세요.

hh

°°   Beowulf, 고대 영문학의 최고봉이자 유럽 속어로 씌어진 최초의 영웅서
사시.

마크스 & Co. 중고서적
채링크로스 가 84번지
런던 W. C. 2

헬렌 한프 양
미국
뉴욕주 뉴욕시 21
72번가 이스트 305번지

1959년 9월 2일

친애하는 헬렌,

당신이 보조금을 타내고 다시 일을 하게 되었다는 소식에 모두들 기뻐했습니다. 당신의 소재 선택을 편견 없이 받아들일 태세가 되어 있지만, 우리 직원 가운데 젊은 한 사람은 당신 편지를 읽을 때까지는 영국이 '합중국'을 차지한 적이 있다는 것도 몰랐다고 고백합니다.

초서에 관해서는, 최고의 학자들은 그의 작품을 현대 영어로 바꾸는 일을 기피했던 것 같습니다만, 롱맨에서 1934년에 캔터베리 이야기만 펴낸 것이 한 권 있더군요. 현대어로 바꾸는 작업을 맡은 사람은 힐인데, 저는 꽤 훌륭한 학자였다고 봅니다. (물론!) 절판인데, 깨끗한 중고본을 찾는 중입니다.

프랭크 드림

모르겠어요, 프랭키 —

어떤 사람이 이 책을 크리스마스 선물로 줬어요. 위대한 현대 문고의 한 권이에요. 이런 책 본 적 있어요? 뉴욕주 하원 의사록보다 더 무뚝뚝한 장정에 무게는 그보다 더 나가요. 내가 존 던을 좋아하는 것을 아는 한 신사 양반한테 받은 거예요. 제목이 이래요.

존 던의

시 전편과

수필 정선

윌리엄 블레이크의

시 전편?

물음표는 제가 찍은 거예요. 이 두 사내의 공통점이 뭔지 설명 좀 해주시겠어요? 둘 다 영국인이고 둘 다 글을 썼다는 점 이외에요? 뭔가 설명이 될까 싶어서 서론을 읽었죠. 서론은 4부로 되어 있어요. 1부와 2부는 던의 신앙인으로서의 일생과, 삽화를 곁들인 던의 저술과 평론입니다. 3부는, 맙소사, 여기에 그냥 첫 단락을 인용할게요.

윌리엄 블레이크는 어렸을 때 어느 해 여름 들판의 나무 아래 누워 있다가 선지자 에제키엘을 보았고, 그는 어머니한테 호되게 혼이 났다.

저도 그의 어머니 편이에요. 제 말은, 주 하느님의 등 뒤건 성모 마리아의 면전이건 다 좋아요. 하지만 도대체 어떤 사람이 선지자 에제키엘을 보고 싶어한다는 말인가요?

어차피 블레이크는 좋아하지 않아요. 걸핏하면 황홀경에 빠져들잖아요. 제가 말하는 건 던이에요. 전 지금 벼랑 끝에 서 있어요, 프랭크. 꼭 좀 도와**주셔야** 해요.

네, 저는 말이죠, 세상의 평화와 함께 안락의자에 몸을 웅크리고 앉아서 라디오—코렐린가 누군가의 쇼였죠—에서 나오는 조용한 옛날 음악에 귀를 기울이고 있었어요. 탁자에 이 물건이 있었구요. 이 위대하신 현대 문고 말이에요. 그러다 생각했죠.

"이 훌륭한 설교문을 XV부터 세 절 낭독하자." 던은 반드시 낭독해야 해요. 바흐의 푸가와 같은 이치죠.

위대한 현대 문고로 시작하자. 가만, 설교 XV편을 찾아보자, 아, 여기 있군……. 여기에서는 발췌 I, II, III으로 되어 있습니다. 발췌 I을 다 읽어갈 즈음에야 제제벨을 누락시켰다는 것을 발견합니다. 하는 수 없이 던의 설교편으로 넘어갑니다. 설교편은 정선된(로건 피어솔 스미스 편찬) 구절들인데, 20분이 걸려서 설교 XV가 발췌 I로 둔갑해 있다는 걸 발견합니다. 왜냐면 로건 피어솔 스미스 판에 따르면 설교 XV는 발췌 I로, 126절 우리는 누구나 죽는다로 되어 있거든요. 자, 이런 데다, 스미스가 제제벨을 누락시킨 것을 발견합니다. 그러고는 엄선한 시와 산문 전집(논서치 출판사)을 보지만, 마찬가지로 제제벨을 만날 수가 없습니다. 그래서 이번에는 옥스퍼드판 영국 산문선을 붙잡습니다. 거기서 이 구절을 찾는 데 다시 20분이 걸립니다. 왜냐, 옥스퍼드판 영국 산문선에서는 설교 XV, 발췌 I이 126절 우리는 누구나 죽는다도 아닌 113절 죽음은 수평저울이다로 되어 있기 때문입니다. 제제벨은 용케 누락되지 않고 살아 있어서 낭독을 해보지만, 끝까지 가보면 이번 선집에는 발췌 II도 III도 없다는 것을 알게 되지요. 이쯤 되면 세 권을 왔다갔다해야 할 판입니다. 물론 세 권의 해당 페이지를 동시에 펼쳐놓을 만큼 정신이 온전한 사람이라면 가능한 일이지만, 저로서는 그러지 못했죠.

그러니 제발 답해주세요. 존 던의 설교문 전집을 구하기가 얼마나 어렵고, 또 가격은 얼마나 될까요?

　그만 자야겠어요. 오늘밤에는 땅바닥에 밑단이 질질 끌리는 학자의 예복을 입은 거대한 괴물들이 발췌, 선집, 구절, 축소본 따위의 꼬리표가 붙은 피가 뚝뚝 떨어지는 푸줏간 칼을 들고 설치는 악몽에 시달릴 거예요.

당신의,

h. 한ㅍㅇㅇㅇㅇㅇㅇㅇㅇ

마크스 & Co. 중고서적
채링크로스 가 84번지
런던 W. C. 2

헬렌 한프 양
미국
뉴욕주 뉴욕시 21
72번가 이스트 305번지

1960년 3월 5일

친애하는 헬렌,

지난번 편지 두 통에 대해서는 좋은 소식이 있을 때까지 답신을 미뤄왔습니다. 버나드 쇼와 엘런 테리의 서한집°을 한 권 구했습니다. 그다지 탐스러운 판본은 아니지만 상태가 좋은 깨끗한 책입니다. 꽤 인기 있는 책이라서 다른 판본이 들어오려면 제법 시간이 걸리기 때문에 이것이라도 보내드리는 것이 좋겠다고 판단했습니다. 가격은 2.65달러 정도이고 현재 신용장 잔액이 50센트입니다.

°   Ellen Terry(1847~1928), 영국뿐 아니라 북아메리카 대륙에서 엄청난 인기를 누렸던 영국 배우. 1890년대에 시작된 조지 버나드 쇼와의 '편지 연애'는 영국 서간문 역사상 가장 멋진 서신 왕래로 기록된다.

던의 설교문 전문은 던의 전집에서나 구할 수 있을 것 같습니다. 이 전집은 40권이 넘는데, 상태가 좋은 것이라면 아주 비쌀 것입니다.

위대한 현대 문고에 무척 실망하셨겠지만 그래도 즐거운 크리스마스와 새해를 맞이하기를 빕니다.

노라가 행복을 기원해달랍니다.

프랭크 드림

헬렌 한프, 뉴욕주 뉴욕시 21 72번가 이스트 305번지

1960년 5월 8일

드 토크빌 선생의 인사입니다. 미국에 무사히 도착했음을 알려 달라고 간청하시는군요. 선생은 젠체하며 앉아 계세요. 생전에 했던 말이 모두 옳았기 때문이지요. 특히 변호사들이 이 나라를 다스린다는 얘기는 아주 공감이 가요. 전 민주당 동호회 회원인데, 일전에 열네 사람이 모여 이야기를 나누었는데 그중에서 열한 명이 변호사더라고요. 그러고는 집에 와서 신문 기사를 읽는데 대통령 후보로 거론되는 사람들 소식이 났더군요. 스티븐슨, 험프리, 케네디, 스타센, 닉슨. 전부가 변호사죠. 험프리만 빼고요.

3달러를 동봉합니다. 아름다운 책이었어요. 중고라고 할 수나 있을지, 마구리도 뜯지 않은 걸 말이죠. 제가 드디어 완벽한 책 마구리 절단칼을 찾아냈다는 말씀을 드렸던가요? 진주로 손잡이를 장식한 과도예요. 어머니께서 열댓 개를 남기셨는데, 하나를 제 책상 연필꽂이에 갖다 놓았죠. 제가 엉뚱한 사람들하고 어울릴지는 몰라도, 손님 열둘이 달려들어 한꺼번에 과일을 깎아 먹을 일은 없을 테니까요.

그럼 안녕

hh

헬렌 한프, 뉴욕주 뉴욕시 21 72번가 이스트 305번지

1961년 2월 2일

프랭크?

아직 거기 계세요?

맹세코 다시 일을 얻을 때까지 편지하지 않을 거예요.

하퍼스 잡지에 단편 소설을 한 편 팔았어요. 3주 동안 노예처럼 일하고, 달랑 200달러를 받았지요. 이번엔 내가 살아온 이야기를 하나 써달래요. '선불'로 1,500달러를 지불했는데, 6개월까지 걸리지는 않을 거라고 생각하는 모양이에요. 전 상관없지만, 집주인은 걱정이 되는 눈치예요.

그래서 책을 살 수가 없네요. 하지만 지난 10월에 어떤 사람이 비참한 축약본으로 생 시몽°의 회상록을 소개해줬어요. 그런데 서고를 돌아다녀도 되고 뭐든 집으로 끌고 갈 수도 있는 협회 도서관에서 진짜를 찾은 거예요. 그 뒤로 줄곧 루이에 빠져 있답니다. 제가 읽고 있는 판본은 여섯 권으로 되어 있는데 어젯밤에 제

°   Louis de Rouvroy, duc de Saint-Simon(1675~1755) 회고록 집필자로 유명한 프랑스의 군인 · 작가. 생 시몽의 『회상록 Memoires』은 루이 14세의 마지막 몇 년과 섭정 시대를 생생히 그려내 당시의 중요한 역사 자료로 평가받는다. 『회상록』 최종판은 본문 41권, 일람표 2권으로 완성되었으며, 플레야드 도서관에 7권짜리 판이 있다. W. H. 루이스가 『생 시몽 공작의 회상록 Memoirs of the Duc de Saint-Simon』이라는 발췌 번역본을 출간했다.

4권 절반쯤 읽었을 때, 이 책을 반납하고 나면 루이가 더 이상 이 집에 **없으리라는** 생각에 **견딜** 수가 없더라고요.

지금 읽는 것은 프랜시스 아크라이트의 명쾌한 번역이지만 당신이 신뢰하는 것이라면 어떤 판본이든 좋아요. **발송은 하지 마세요!** 입고한 뒤에 가격만 알려주시고 거기 놔두시면 한 번에 한 권씩 사겠어요.

노라와 딸들이 잘 지내고 있기를 빌어요. 당신도요. 그리고 저를 아는 나머지 모든 분들도요.

헬렌

마크스 & Co. 중고서적
채링크로스 가 84번지
런던 W. C. 2

헬렌 한프 양
뉴욕주 뉴욕시 21
72번가 이스트 305번지

1961년 2월 15일

친애하는 헬렌,

생 시몽의 회상록 한 부를 아크라이트의 번역으로 구매했다는
기쁜 소식을 알려드립니다. 모두 여섯 권으로 깔끔한 장정이고
상태가 아주 좋습니다. 오늘 발송하니 일주일에서 이 주일 안에
도착할 겁니다. 지급가는 약 18.75달러이지만 한 번에 지불하지
않아도 되니 염려하지 마십시오. 당신은 마크스 서점에서 언제나
신용도가 높은 고객이니까요.

다시 소식을 들어 아주 기뻤습니다. 저희는 모두 잘 지내며, 조
만간 영국에서 뵙기를 여전히 고대하고 있습니다.

모두의 사랑을 담아

프랭크

헬렌 한프, 뉴욕주 뉴욕시 21 72번가 이스트 305번지

1961년 3월 10일

친애하는 프랭키 ―

10달러를 동봉하니, 부디, 부디, 무사히 받으시길……. 제대로 도착해야 할 텐데요. 요즈음 들어오는 게 많지는 않지만 루이는 완불을 바라네요. 그이는 법정의 빈털터리들한테 이골이 난지라 270년이 지나서 다시 또 빈털터리가 사는 집으로 오고 싶지 않대요.

어젯밤에 당신 생각을 했어요. 하퍼스의 편집자가 저녁 식사차 여기 왔었어요. 이런저런 얘기를 주고받다가다가 제가 랜더의 '이솝과 로도피스'를 '명예의 전당' 주인공으로 극화한 이야기가 나왔어요. 제가 이 얘기를 한 적이 있었나요? 새러 처칠이 천진난만한 눈동자의 로도피스를 연기했지요. 어느 일요일 오후에 방송을 탔는데, 방송되기 두 시간 전에《뉴욕타임스》의 일요일 서평란을 펼쳤다가 3쪽에서 폴리 애들러의 책 '집은 가정이 아니다'에 관한 평을 읽었어요. 전부가 매음굴에 관한 글이고, 제목 밑에 그리스 소녀의 두상 조각 사진이 실려 있고 이런 설명이 붙어 있어요. '로도피스, 그리스에서 가장 유명한 창녀?' 랜더는 이 점은 언급하지 않고 넘어갔지요. 학자라면 랜더의 로도피스가 사포의 남동생을 알거지로 만들어버린 그 로도피스라는 사실을 알겠지만, 저는 학자도 아닌 데다가 어느 해 겨울 절치부심하며 그리스어 어미를 암기한 것이 전부지만, 그나마 지금은 남아 있는 것이 거

의 없어요.

그래서 이 일화를 얘기하는데 진(저와 일하는 편집자예요)이 묻는 거예요. "랜더가 누구예요?" 제가 어찌나 흥분해서 설명을 했는지 진이 머리를 절레절레 흔들면서 도중에 제 말을 끊는 것이 아니겠어요.

"당신과, 당신의 그 오래된 영국 책들이란!"

어떤지 아시겠지요, 프랭키? 살아 있는 사람 중 저를 이해하는 사람은 당신뿐이랍니다.

xx

hh

추신 : 진은 중국인이에요.

마크스 & Co. 중고서적
채링크로스 가 84번지
런던 W. C. 2

헬렌 한프 양
뉴욕주 뉴욕시 21
72번가 이스트 305번지

1963년 10월 14일

친애하는 헬렌,

틀림없이 놀라실 텐데, 버지니아 울프의 일반 독자° 두 권이 우송 중입니다. 원하는 다른 것이 있다면 동일한 효율성과 신속성을 발휘하여 구해드릴 수 있을 듯합니다.

우리는 모두 잘 지내고 있고, 변함 없이 그럭저럭 해나가고 있습니다. 큰딸 실라(스물네 살이에요)가 2년 전에 느닷없이 교사가 되고 싶다며 비서 일자리를 버리고 대학에 들어갔답니다. 아직 1년이 남았고, 따라서 아이들 덕을 보며 호사를 누리려면 아직도 한세월을 보내야 할 것 같군요.

우리 모두의 사랑을 보내며

프랭크

°   당대 가장 뛰어난 소설가이자 비평가였던 버지니아 울프(1882~1941)의 비평집으로, 『일반독자The Common Reader』(1925)와 『일반독자 제2편 The Common Reader : Second Series』(1932)이 있다.

마크스 & Co. 중고서적
채링크로스 가 84번지
런던 W. C. 2

헬렌 한프 양
뉴욕주 뉴욕시 21
72번가 이스트 305번지

친애하는 헬렌,

언젠가 초서의 캔터베리 이야기 현대판을 주문하셨죠? 며칠 전에 당신이 좋아할 법한 자그마한 책자를 발견했답니다. 어느 모로 보나 완결판이라고는 할 수 없지만 가격이 저렴한 데다 꽤 학문적으로 접근한 듯해 오늘 서적 우편으로 보내려 합니다. 가격은 1.35달러이고요. 이 책으로 초서에 구미가 당겨 나중에 좀더 완전한 판본을 원하시게 되면 알려주십시오. 찾아보겠습니다.

프랭크 드림

좋아요, 이거면 '알기 쉬운' 초서로는 충분해요. 찰스 램의 셰익스피어 이야기 같은 교실 냄새가 나더군요.

이 책을 읽어서 기뻐요. 어찌나 고상하게 손가락을 놀리는지 기름 한 방울 묻히지 않고 식사를 끝냈다는 수녀 이야기가 아주 재미있었어요. 저로서는 엄두도 못 낼 일이라 그냥 포크를 사용하지요. 다른 것은 그다지 구미를 당기는 것이 없었어요. 그냥 이야기들인데, 저는 이야기는 좋아하지 않거든요. 제프리가 일기를 써서 리처드 3세의 궁궐에서 보잘것없는 학자로 살아간다는 것이 어떤 건지 알려주었더라면, **그것이** 제가 고대 영어를 배우고픈 동기가 되었을 거예요. 방금, 어떤 사람이 준 책을 한 권 처분했어요. 올리버 크롬웰 시대의 삶이 어떤 것인지 보여주는 멍청한 책이었죠. 그 멍청이는 올리버 크롬웰 시대에 살지 않았는데, 대체 무슨 수로 그 시대가 어땠는지 안다는 거죠? 올리버 크롬웰 시대의 삶이 어땠는지 알고 싶은 사람이라면 좌 밀턴, 우 월턴 하여 소파에 파묻히는 편이 차라리 낫죠. 그러면 그 사람들이 그 시대가 어땠는지 말만 해주는 게 아니라 아예 그리로 데려가줄 테니까요.

"독자들은 그런 일이 있었다는 것을 믿지 못할 것이다." 월턴이 어딘가에서 이렇게 말했죠. "그러나 나는 거기에 있었고, 그 일을 직접 보았다."

이게 나한테 맞아요. 저는 '나는 거기에 있었다' 같은 유의 책을 아주 좋아한답니다.

초서 값으로 2달러 동봉합니다. 그러면 65센트가 남을 텐데, 그거면 저한테는 어느 신용장보다 큰 신용이랍니다.

xx

h

1964년 3월 30일

친애하는 프랭크 —

어린이 역사책(벌써 네 번째 책이에요. 믿어지세요?)에서 잠시 손을 놓고 한 친구의 부탁을 전합니다. 그 친구는 쇼의 전집을 들쭉날쭉 갖고 있대요. 그는 그게 표준판이라고 우기고 있어요. 도움이 되실까 싶어 알려드리는데, 붉은색 헝겊 장정이라네요. 그 친구가 갖고 있는 책 목록을 동봉할게요. 그 전집에서 빠진 것을 모두 사고 싶다는데, 많이 갖고 계시다면 한꺼번에 부치지는 말아달래요. 야금야금 사겠대요. 저처럼 이 친구도 구호 대상자랍니다. 목록에 있는 주소로 직접 우송해주세요. 잘 안 보일 경우를 위해서, 32번 대로예요.

세실리나 메건한테 무슨 소식 들으셨어요?

행복을 빌며

헬렌

마크스 & Co. 중고서적
채링크로스 가 84번지
런던 W. C. 2

헬렌 한프 양
뉴욕주 뉴욕시 21
72번가 이스트 305번지

1964년 4월 14일

친애하는 헬렌,

친구분께서 찾으시는 쇼 전집 표준판은 출판사에서 직접 구할 수 있답니다. 그분께서 설명하신 대로 붉은색 헝겊 장정이고, 전집은 서른 권 정도 되는 듯합니다. 중고본은 좀처럼 나오지 않지만, 새 책으로 보내달라시면 기꺼이 해드리겠습니다. 한 달에 서너 권씩 부쳐드릴 수 있을 겁니다.

세실리 파한테서는 몇 년 동안 아무 소식도 없었습니다. 메건 웰스는 오래 안 가서 남아프리카에 싫증이 났고, 여기 잠깐 들러 '그러게 뭐랬어' 하는 소리만 잔뜩 듣고는 다시 한 번 운을 시험해보겠다고 호주로 향했답니다. 몇 년 전에 크리스마스 카드를 한 장 받은 뒤로는 아무 소식도 못 들었습니다.

노라와 딸아이들이 사랑을 보낸답니다.

프랭크

마크스 & Co. 중고서적
채링크로스 가 84번지
런던 W. C. 2

헬렌 한프 양
뉴욕주 뉴욕시 21
72번가 이스트 305번지

1965년 11월 13일

친애하는 헬렌,

다시 편지를 받고 반가웠습니다. 네, 우린 아직 여기 있습니다. 갈수록 나이가 들고 바빠지지만 더 부자가 되지는 않는군요.

막 E. M. 델러필드°의 <u>어느 시골 부인의 일기</u>를 구했습니다. 1942년 맥밀란에서 출판한 것으로 상태가 양호하며 가격은 2달러입니다. 오늘 청구서 동봉하여 서적 우편으로 부칩니다.

평소보다 관광객이 더 많이 찾아 아주 즐거운 여름을 보냈습니다. 거기에는 카너비 가°°로 순례를 온 젊은이들 무리도 있었습

°   Elizabeth Monica Delafield, 가장 재미있는 영국 작가 중 하나로 제인 오스틴의 계보를 잇는 작가로 평가받는다. 대표작 『Diary of a Provincial Lady』는 상상을 뛰어넘는 재치와 유머로 유명하다.

°°   록음악, 미니스커트, 자동차광 등으로 대표되는 1960년대 젊음의 거리.

니다. 우리는 모두 안전한 거리에 있었지만, 비틀스라면 저도 꽤 좋아하는 축입니다. 팬들이 그처럼 소리만 질러대지 않아준다면 말이지요.

노라와 딸아이들이 사랑을 보낸답니다.

프랭크

헬렌 한프, 뉴욕주 뉴욕시 21, 72번가 이스트 305번지

1968년 9월 30일

우리 아직 살아 있는 거, 맞나요, 네?

어린이를 위한 미국사 책을 4~5년째 써 오고 있어요. 이 일에 꼼짝없이 붙잡혀 미국사 책만 사들이고 있지요—미국에서 나온 못생긴 마분지 책들이지만, 어쩐지 제임스 매디슨의 헌법제정회의 속기록이나 T. 제퍼슨이 J. 애덤스°한테 보낸 서신 같은 것을 품위 있는 영국 본토에서 냈을 것 같지가 않았어요.

아직 할아버지가 되지 않으셨나요? 실라와 메리의 아이들 앞으로 제 소년소녀선집을 선물할 계획이니, 서둘러 아이를 낳아달라고 얘기해주세요.

어느 비 내리는 일요일에 한 젊은 친구에게 오만과 편견을 소개해줬더니, 제인 오스틴한테 푹 빠져버리더군요. 할로윈 즈음해서 이 친구 생일인데, 오스틴 책을 좀 구해주시겠어요? 전집이 있다면 가격을 알려주세요. 비싸면 친구 남편더러 절반을 내게 하고 제가 절반을 내려고요.

노라와 다른 분들께 안부 전해주세요.

헬렌

° James Madison, 미국 제4대 대통령. Thomas Jefferson, 미국 제3대 대통령으로 독립선언문을 기초함. John Adams, 미국 초대 부통령이자 제2대 대통령.

마크스 & Co. 중고서적
채링크로스 가 84번지
런던 W. C. 2

헬렌 한프 양
뉴욕주 뉴욕시 21
72번가 이스트 305번지

1968년 10월 16일

친애하는 헬렌,

네, 우리 모두 활발히 살아 움직이고 있답니다. 눈코 뜰 새 없는 여름철을 보내고 조금 지쳐 있기는 하지만요. 미국, 프랑스, 스칸디나비아 등지에서 관광객이 몰려들어 우리 서점의 멋진 가죽 양장본들을 몽땅 사갔답니다. 그래서 현재 서고는 아주 볼품이 없습니다. 재고는 부족하고 가격은 높아서 친구분 생일까지 제인 오스틴을 찾는다는 것은 거의 가망이 없어 보이는군요. 크리스마스 선물로는 무언가 찾아드릴 수 있을 듯하지만 말입니다.

노라와 딸아이들은 잘 있습니다. 실라는 교사 생활을 시작했고, 메리는 아주 멋진 녀석과 약혼을 했지만 당분간은 결혼 생각을 못할 처지랍니다. 둘 다 무일푼이 아니겠습니까! 그러니 매력적인 할머니가 되겠다는 노라의 희망도 따라서 사그라들고 있군요.

사랑을 보내며

프랭크

헬렌 한프 양
미국, 뉴욕 10021
72번가 이스트 305번지

1969년 1월 8일

귀양,

지난해 9월 30일에 도엘 씨 앞으로 보내신 편지를 방금 발견했습니다. 매우 유감스럽게도 도엘 씨가 12월 22일 일요일에 별세하셨다는 소식을 알려드립니다. 장례식은 지난 1월 1일 수요일이었습니다. 고인은 12월 15일 긴급히 병원으로 옮겨져 맹장 파열 수술을 받았으나 안타깝게도 복막염으로 번져 이레 후 돌아가셨습니다.

고인은 저희 회사와 40년 넘게 함께하셨고, 게다가 마크스 씨가 돌아가신 지도 채 얼마되지 않은 터라 코헨 씨에게는 훨씬 더 큰 충격이었습니다.

오스틴의 책을 지금도 원하시는지요?

마크스 서점

비서

조앤 토드 드림

친애하는 헬렌,

정성 어린 편지 고마워요. 기분이 상하다니, 무슨 말씀이세요? 그저 당신이 프랭크를 만나서 직접 알았더라면 하는 아쉬움이 남았지요. 그이는 아주 반듯한 사람이었고, 유머 감각이 아주 뛰어났죠. 그렇게 점잖은 사람이었는데, 지금에서야 새삼 많은 걸 알게 돼요. 방방곡곡에서 그이에 대한 찬사를 담은 편지가 도착하고, 책을 사고 판 수많은 사람들로부터 그이가 아주 식견이 넓은 사람이었다는 얘기며, 자신의 지식을 모든 이에게 호의로써 전했다는 얘기며……. 원하신다면 그 편지들을 보내드릴게요.

때때로 제가 당신을 아주 질투했다는 얘기도 이젠 할 수 있겠네요. 프랭크는 당신 편지를 정말 좋아했고, 당신 편지들은 어딘가 그이의 유머 감각과 아주 닮았거든요. 또, 당신의 글솜씨도 부러웠답니다. 프랭크와 저는 아주 달랐어요. 그이는 상냥하고 친절한 사람이었지만, 저는 언제나 자기 권리를 위해 맞서는 아일랜드 사람이었어요. 그이가 너무나 그리워요. 하루하루가 참 즐거웠거든요. 그이는 늘 책에 관한 것을 설명해주고 가르쳐주려고 애썼지요. 제 아이들은 멋진 숙녀가 되었고, 이런 점에서 저는 운이 좋은 사람이에요. 아마도 저처럼 홀로된 사람들은 너무나 많이 있겠죠? 횡설수설을 용서하세요.

사랑을 담아,
노라

언젠가 우리를 방문할 날이 왔으면 좋겠어요. 딸아이들이 당신을 보고 싶어한답니다.

친애하는 캐서린 ─

책장을 정리하다가 사방에 책으로 둘러싸여 앉아 순풍에 돛단 여행을 기원하며 몇 자 끼적입니다. 브라이언과 런던에서 멋진 시간을 보내길 빌어요. 브라이언이 전화로 '여비만 있다면 우리랑 같이 가시겠어요?' 그러는데, 하마터면 울음이 터질 뻔했어요.

글쎄요, 잘 모르겠어요. 어쩌면 이대로가 나을지도. 너무나 긴 세월 꿈꿔온 여행이죠. 단지 그곳 거리를 보고 싶어서 영국 영화를 보러 가기도 했고요. 오래 전에 아는 사람이 그랬어요. 사람들은 자기네가 보고 싶은 것만을 보러 영국에 간다고. 제가, 나는 영국 문학 속의 영국을 찾으러 영국에 가련다, 그랬더니 그 사람이 고개를 끄덕이며 그러더군요. "그렇다면 거기 있어요."

어쩌면 그럴 테고, 또 어쩌면 아닐 테죠. 주위를 둘러보니 한 가지만큼은 분명해요. 여기에 있다는 것.

이 모든 책을 내게 팔았던 그 축복 받은 사람이 몇 달 전에 세상을 떠났어요. 그리고 서점 주인 마크스 씨도요. 하지만 마크스 서점은 아직 거기 있답니다. 혹 채링크로스 가 84번지를 지나가게 되거든, 내 대신 입맞춤을 보내주겠어요? 제가 정말 큰 신세를 졌답니다.

헬렌

에필로그

1969년 10월

런던 N. 11
윈턴 로

1969년 10월

친애하는 헬렌,

저는 도엘 가족의 세 번째 통신원이랍니다! 먼저, 오랫동안 소식 드리지 못한 것 사과드릴게요. 정말이에요. 우리는 당신 생각을 많이 했어요. 다만 차분히 앉아 그 생각을 종이에 옮길 여유를 찾지 못했던 것뿐이에요. 그러다 오늘 당신의 두 번째 편지를 받고는 너무나 죄송한 마음에 당장 편지를 씁니다.

책 이야기를 듣고 아주 기뻤습니다. 편지들을 출판하신다는 데 기꺼이 동의합니다.

우린 지금 아주 예쁜 새집에 살고 있어요. 이 집을 아주 좋아하고, 이사를 잘 했다고 생각하지만, 이따금 아버지가 살아 계셨더라면 얼마나 좋아하셨을까 하는 생각이 들어요.

후회는 소용없는 일이죠. 아버지는 부자도 힘 있는 사람도 아니었지만 자신이 가진 것에 만족하는 행복한 분이셨어요. 그리고 그런 분을 아버지로 둔 우리도 행복하고요.

우린 모두 바쁘게 살고 있어요. 어쩌면 그런 편이 낫겠죠. 메리는 대학 도서관에서 열심히 일하고 기분 전환을 위해서 밤샘 자동차 경주에 나가곤 해요. 저는 학위를 받기 위해 공부를 하면서 시간제 전임 교사로 일하고 있고, 그리고 엄마가 계시죠. 엄마는 쉴 줄을 모르세요! 그래서 우리 가족은 편지 쓰는 데는 부지런하지 못한 사람들이라고 해야 할 것 같아요. 물론 편지 받는 일은 더없이 좋아하지만요. 그래도, 저희가 편지하는 것이 괜찮으시다면 틈이 나는 대로 편지를 쓰도록 노력할게요. 답장 고대할게요.

실라 드림

헬렌 한프가 마크스 서점에서 구입한 책들

헬렌 한프는 그 밖에 악보도 주문했다.

옮긴이의 말

　84번가의 비밀 문서. 꽤 오래 전에 어느 방송국 주말의 명화 같은 데서 보았던 영화 제목이다. 앤소니 홉킨스와 앤 밴크로프트가 주연이었는데, 전쟁의 상흔을 털어버리려는 듯 사람들이 분주하게 움직이는 고서점과 빈한하지만 고즈넉한 작은 아파트, 대서양이라는 물리적 거리를 느낄 수 없는 대화체 독백에 무작정 홀려 들었던 기억이 난다. 그 영화가 책을 바탕으로 만들어진 것인 줄은 몇 년이 지나서야 알았다. 표지를 보자 냉큼 집어들고는, 이건 내 책이네, 했던 것 같다.

　이 책은 1949년에서 1969년, 20년 간 한 도서 구매자와 서점 직원이 주고받은 편지를 모아놓은 책이다. 말하자면 도서 주문서와 청구서라는 상업적 문서였던 셈이다. 구하기 힘든 것, 희귀한 것을 구하는 자의 절실함과 그 절실함을 이해하는 자의 성실함이, 까다롭고 저돌적이면서도 정 넘치는 가난한 작가와 점잖고 진지하면서도 보일락말락한 여유를 보여주는 서점 직원의 목소리를 통해 사람 냄새 나는, 시공간을 초월한 생명력을 얻은 것이 아닐까.

편지 곳곳에서도 어렴풋하게 생활의 푸념이 들리지만, 헬렌 한프는 희곡 작가로 시작하여 방송 대본, 잡지 기사, 백과사전 항목, 어린이 역사책 등 닥치는 대로 글을 썼으나 단 한 편의 희곡도 무대에 올리지 못했고 어느 모로 보나 성공한 작가는 아니었다. 한프는 중년이 끝날 무렵 어느 날 자신의 삶을 돌아보다가 절망에 빠진다. "나는 실패한 희곡 작가였다. 나는 아무데도 가지 못했고 아무것도 아니었다." 바로 그 다음날, 채링크로스가 84번지에서 마지막 한 통의 편지를 받는다. 그러고는 부랴부랴 그동안의 편지들을 챙겨 출판사로 향하는데, 이것이 전환점이 된다. 방방곡곡에서 편지, 전화, 선물이 날아드는 유명 작가가 되었고, 직접 쓴 희곡은 아니지만 「채링크로스 84번지」가 영화, 텔레비전 드라마, 연극 등 다양한 매체로 만들어졌고 지금까지도 계속 공연되고 있다. 한 지인의 표현에 따르면, 이제 남은 것은 뮤지컬과 아이스 쇼뿐이라고……. (그래도 돈은 모으지 못했는데, 전세계에서 날아온 편지에 일일이 답장을 하느라 인세로 받은 돈이 우표 값으로 다 나갔다고 한다.) 만약에 『채링크로스 84번지』 이전에 이미 성공한 작가였다면, 그래서 귀한 책을 손쉽게 척척 사들일 수 있는 사람이었다면 우리 독자는 이 아담한 책의 축복을 받지 못했을 것이라는 생각도 든다.

책을 통해서 우리는 과거를 만나고 딴 세상을 만나고 자기를 만난다. 그리고 뜻밖에, 사람을 만난다. 이 책은 아주 특별한 만남에 관한 것이다. 직선으로 끝날 수도 있었던 두 사람의 만남이 따뜻하고 호기심 많은 주위 사람들을 빨아들여 하나의 동그라미가 되었고, 책으로 출판된 뒤에는 그 우정의 반지름이 전세계로 퍼져 나가 수많은 독자들을 한데 묶어주고 있다. 이제는 사라지고 기념 동판만이 남던 런던 채링크로스 가 84번지에는 오늘도 한 발 늦은 독자들의 발길이 끊이지 않는다고 한다. 아마도 그들은 한프의 마지막 부탁을 기억할 것이다.

"혹 채링크로스 가 84번지를 지나가게 되거든, 내 대신 입맞춤을 보내주겠어요? 제가 정말 큰 신세를 졌답니다."

나의 오만한 억지에도 쾌히 책을 넘겨주었던 도도에게 늘 빚진 마음이었다. 이걸로 대신할 수는 없겠지만 귀한 인연 허락해주어 고맙다고, 꼭 이야기하고 싶다.

이민아

채링크로스 84번지

1판 1쇄 펴냄 2004년 1월 30일
1판 12쇄 펴냄 2015년 1월 25일
2판 1쇄 펴냄 2017년 4월 15일
2판 5쇄 펴냄 2021년 1월 4일
3판 1쇄 펴냄 2022년 7월 1일
3판 3쇄 펴냄 2023년 1월 25일
4판 1쇄 찍음 2024년 9월 12일
4판 1쇄 펴냄 2024년 10월 10일

지은이 헬렌 한프
옮긴이 이민아

주간 김현숙 | **편집** 김주희, 이나연
디자인 이현정, 전미혜
마케팅 백국현(제작), 문윤기 | **관리** 오유나

펴낸곳 궁리출판 | **펴낸이** 이갑수

등록 1999년 3월 29일 제300-2004-162호
주소 10881 경기도 파주시 회동길 325-12
전화 031-955-9818 | **팩스** 031-955-9848
홈페이지 www.kungree.com | **전자우편** kungree@kungree.com
페이스북 /kungreepress | **트위터** @kungreepress
인스타그램 /kungree_press

ⓒ 궁리출판, 2004.

ISBN 978-89-5820-895-2 03840